全新
修訂版

日本人的哈啦妙招！下

副詞輕鬆學

我的日語超厲害！

附
QR Code
線上音檔

●作者・插畫／
山本 峰規子

笛藤出版

前言

會說日語不夠，會說漂亮的日語才厲害！
活用日本語副詞，連日本人都覺得你的日語好溜！

本書是「副詞輕鬆學　我的日語超厲害！（上）」的下集。承接上集的內容，繼續介紹將日本人生活中常用的副詞，徹底學會日本語副詞，讓你的日語會話功力如虎添翼！即使是意思上的些微差距，透過副詞的運用，也可以活靈活現得表達出來喔！

日語副詞的使用範圍廣泛、細膩，很多時候即使想使用也不得要領，用錯場合、使用錯誤等等問題不勝枚舉。本書透過插畫方式將日語副詞所呈現的細膩語感淋漓盡致地表達，本書分為兩個章節：推測事實與歸納篇和準確描述篇， 詳細解說110個副詞的使用方式，各篇章均有「使用場合」與「注意」小專欄提醒讀者使用上需要注意的地方。另外將意思相近、易混淆的副詞加以整理比較，以「貓頭鷹小教室」的方式呈現。副詞輕鬆學，日語好上手，學會正確使用副詞一口氣就能拉近你和日本人的距離，連日本人都會對你流利的日語豎起大拇指喔！

本書特色：

- **全彩活潑漫畫－** 一目瞭然，圖像式記憶輕鬆學習無負擔。
- **貼心告知使用場合－** 正式 日常 大大降低誤用副詞的機率。
- **例句標注羅馬拼音－** 有了羅馬拼音初學者也可輕鬆學會例句的唸法喔！
- **貓頭鷹小教室－** 系統整裡，連細微的小差異都一網打盡！

副詞的特點：

1. 屬於獨立語，用來修飾句中的用言（動詞、形容詞、形容動詞）也可修飾副詞。
2. 說明動作的情況、事物的狀態與程度。
3. 副詞不能當主語。

副詞的分類：

關於副詞的分類，日本的語言學家之間是有各種不同見解的。一般是根據副詞所表示的意思將副詞分作以下三種類型：

副詞
（一）情態副詞：修飾動詞。
（二）程度副詞：修飾形容詞、形容動詞。
（三）陳述副詞：明確敘述性質。

副詞的功能是用來**說明動作的情況、事物的狀態、程度**，或是更加**精確地陳述事實**等等。

在此將三大類副詞的功能與接續用法簡單做個介紹，並將常用的副詞歸類，幫助讀者釐清三大類副詞的概念。

(一)情態副詞 (狀態副詞)

說明動詞所表示的動作、情況或狀態。這類的副詞可描述各種聲音、樣態,也可從時間上來限制、描述動詞的動作與狀態,說明事物所處的時間。

副詞的分類:

情態副詞+動詞

そんなに遠慮(えんりょ)なさらないでください。

so.n.na.ni.e.n.ryo.na.sa.ra.na.i.de.ku.da.sa.i。

請不要那麼客氣。

常用的情態副詞

- **說明動作行為或聲音的狀態**

慢慢地:ゆっくり

偷偷地:そっと

清楚地:はっきり

笑嘻嘻地:にこにこ

汪汪!:わんわん

(擬聲擬態語即屬於此類。詳見笛藤出版—日本人的哈啦妙招!擬聲擬態語一書。)

- **表現動作的時態**

首先:まず

現在:いま

已經:すでに

最近:近頃(ちかごろ)

早就:とっくに

- **說明動作的數量、頻率**

很多:たくさん

不停地:ひっきりなしに

全部:みな

- **表示動作的變化**

突然:突然(とつぜん)

漸漸:だんだん

- **說明動作行為的趨勢**

這樣:こう

那樣:そう

像…一樣:ふうに

(二)程度副詞

多用來修飾形容詞、形容動詞、存在狀態的詞，表示這些詞所具有的狀態與程度。

副詞的分類：

程度副詞＋用言、其他副詞、名詞

彼女(かのじょ)はパフェを食(た)べた後(あと)、さらにかき氷(ごおり)を注文(ちゅうもん)した。

ka.no.jo.wa.pa.fu.e.o.ta.be.ta.a.to、sa.ra.ni.ka.ki.go.o.ri.o.chu.u.mo.n.shi.ta。

她吃了冰淇淋百匯後，又再加點了剉冰。

常用的程度副詞

- 表示程度高低
  - 很：とても
  - 比較起來：わりあいに
  - 有一點：すこし
  - 多少：多少(たしょう)
- 程度上的比較
  - 更：もっと
  - 更：一層(いっそう)
  - 以…為優先：第一(だいいち)に
- 數量概念
  - 大致上：だいたい
  - 全部：すべて
  - 全部：全部(ぜんぶ)
  - 全部：すっかり
- 表示特別的程度
  - 特別是：とくに
  - 意外地：意外(いがい)に

（三）陳述副詞（呼應副詞、敘述副詞）

可修飾述語（用言、子句），這類的副詞可以引導敘述內容，使其更加精確地表達說話者的意思。

副詞的分類：

陳述副詞＋述語（用言、子句）

やくそく　かなら　まも
約束は必ず守ります。
ya.ku.so.ku.wa.ka.na.ra.zu.ma.mo.ri.ma.su。
我一定會信守承諾的。

常用的陳述副詞

- 積極、肯定
  - 一定：かならず
  - 務必：ぜひ
  - 誠摯地：まことに
- 消極、否定
  - 絕（不）：けっして
  - 沒好好地：ろくに
  - 很少：めったに
- 疑問、感動
  - 為何：なぜ
  - 何時：いつ
- 比喻、舉例、比較
  - 很像：まるで
  - 正好、正像：ちょうど
- 表示願望、請求
  - 請務必：ぜひ
  - 無論如何請：どうか請
  - 請：どうぞ
- 推測
  - 恐怕：おそらく
  - 大概：たぶん
  - 不會：まさか
- 假定
  - 如果：もし
  - 假如：かりに
  - 例如：たとえ
- 確定
  - 原來如此：なるほど
  - 專程：わざわざ
  - 不愧是：さすが

副詞在日語會話中的使用場合多到數不完，應用得宜可以瞬間拉近與日本人之間的距離，不管是日本留學生或是世界各地的日語學習者，舉凡能與日本人交談的各個場合都可以將日語副詞加以應用在會話中，使你說得一口生動活潑的日語！

本書所介紹的副詞涵蓋這三大類，依會話時的情境編排，將表面上艱澀難懂的副詞，以最簡單、最生活化的方式傳達給讀者。平時經常翻閱本書，不只使你的日語對話能力提昇，對日文檢定也大有幫助喔！

笛藤編輯部

◆中日發音MP3

請掃描左方QR code或輸入網址收聽：

https://bit.ly/JPwords2

*請注意英文字母大小寫區分

◆日語發聲 | 須永賢一、ハヤシマオ

◆中文發聲 | 賴巧凌

目次

推測事實與歸納篇

◎ 預想・推測

明天應該是晴天吧！
明日(あした)はたぶん晴(は)れるだろう。

◎ 預料之內・預料之外

想不到鮪魚生魚片和美奶滋很搭呢！
まぐろの刺身(さしみ)とマヨネーズは意外(いがい)と合(あ)うらしい。

◎ 先後順序

早上起床的時候，**先**疊好棉被收進櫃子裡，接著再去洗臉。

朝起きたらまず**最初に**布団を畳んで押し入れにしまい、それから顔を洗います。

◎ 點出重點

小玉站長拯救了火車地方線道的經營危機，牠根本**就是**鐵道的救世主。

タマ駅長は経営危機のローカル線を救った、**言わば**救世主です。

◎ 肯定

這附近一定埋有古代遺跡。
このあたりに遺跡（いせき）が眠（ねむ）っていることはほぼ間違（まちが）いない。

◎ 否定

危險！千萬不要碰！
危（あぶ）ないから絶対触（ぜったいさわ）らないでください！

這種溫度對我來說根本不算什麼。
これくらいの暑さなら
てんで気にならない。

大家覺得這個箱子裡面到底裝了什麼呢？
みなさんこの箱の中には
一体何が入っていると思いますか？

◎ 闡述・詢問

◎ 歸結原因

企鵝無法在天空飛翔。因為翅膀已經退化了。
ペンギンは空(そら)を飛(と)べない。
なぜなら羽(はね)が退化(たいか)しているからである。

準確描述篇

◎ 比較・選擇

家裡的狗寧可給老婆抱也不肯給我抱。
うちの犬（いぬ）はぼくよりむしろ妻（つま）に懐（なつ）いています。

◎ 比喻

那天的事就宛如昨天才發生一般，還記憶猶新。
あの日（ひ）のことはあたかも昨日（きのう）のことのように覚（おぼ）えています。

◎ 現況再補充

◎ 假定

假設可以選擇去南極或夏威夷的話，你想去哪裡呢？
たとえばハワイか南極に行けるとしたら、
どちらに行きたいですか？

◎ 強調數量・程度

這麼多東西只請 3 個人搬嗎？

この大荷物をわずか 3 人で運ばなくてはならないんですか？

第一章

推測事實與歸納篇

本篇章要學習用日語副詞表達自己對事物的確定程度、觀感，進而將事實進行推測與歸納，從中得到結論。讓你說起日語有條有理，再微妙的差異都能毫無窒礙地表達，連日本人都覺得你的日語好溜！

P18~P181

きっと

ki.t.to

正式　日常

一定

001 MP3

1

自由(じゆう)が丘(おか)に
行(い)けばきっとかわいい雑貨(ざっか)が
見(み)つかるよ。

ji.yu.u.ga.o.ka.ni
i.ke.ba.ki.t.to.ka.wa.i.i.za.k.ka.ga
mi.tsu.ka.ru.yo。

去自由之丘逛逛
一定可以找到
可愛的小東西喔！

2

彼(かれ)ならきっと
私(わたし)たちを救(すく)ってくれる。

ka.re.na.ra.ki.t.to.
wa.ta.shi.ta.chi.o.su.ku.t.te.ku.re.ru。

他一定會來救我們的。

3

彼女（かのじょ）はきっと時間通（じかんどお）りに来（く）るはずです。

ka.no.jo.wa.ki.t.to.ji.ka.n.do.o.ri.ni.ku.ru.ha.zu.de.su。

她一定會準時到的。

4

いつかきっと
分（わ）かり合（あ）えるときが来（く）る。

i.tsu.ka.ki.t.to.
wa.ka.ri.a.e.ru.to.ki.ga.ku.ru。

有朝一日一定可以諒解彼此的。

5

あなたならきっとできる！

a.na.ta.na.ra.ki.t.to.de.ki.ru!

你一定行的！

絶対（ぜったい）

ze.t.ta.i

 正式  日常

絶對、一定

002 MP3

1

ぼくは絶対（ぜったい）きみを幸（しあわ）せにするよ！

bo.ku.wa.ze.t.ta.i.ki.mi.o.shi.a.wa.se.ni.su.ru.yo!

我一定會讓妳幸福的！

2

いい？絶対（ぜったい）ここを動（うご）かないでね。

i.i? ze.t.ta.i.ko.ko.o.u.go.ka.na.i.de.ne。

聽好囉！絕對不可以離開這裡！

3

お客様（きゃくさま）に絶対損（ぜったいそん）はさせません！

o.kya.ku.sa.ma.ni.ze.t.ta.i.so.n.wa.sa.se.ma.se.n!

絕對不會讓您吃虧的！

4

そんな話、絶対あり得ない！

so.n.na.ha.na.shi、ze.t.ta.i.a.ri.e.na.i!

那絕對不可能！

來對話吧！

若手漫才コンビのライブ？
おもしろいなら行ってもいいけど。

wa.ka.te.ma.n.za.i.ko.n.bi.no.ra.i.bu?
o.mo.shi.ro.i.na.ra.i.t.te.mo.i.i.ke.do。

新生代相聲團體 LIVE 表演？好笑的話去看看也無妨。

絶対おもしろいよ！保証する！

ze.t.ta.i.o.mo.shi.ro.i.yo! ho.sho.o.su.ru!

一定很好笑！我保證！

o.so.ra.ku

恐怕、大概…

1

この絵はおそらく平安時代に描かれたものだろう。

ko.no.e.wa.o.so.ra.ku.he.i.a.n.ji.da.i.ni
ka.ka.re.ta.mo.no.da.ro.o。

這幅畫大概是平安時代的作品吧！

2

このペースだと到着時間はおそらく夕方5時くらいになるでしょう。

ko.no.pe.e.su.da.to.to.o.cha.ku.ji.ka.n.wa
o.so.ra.ku.yu.u.ga.ta.go.ji.ku.ra.i.ni.na.ru.de.sho.o。

照這個速度，恐怕傍晚5點左右才會到吧！

3

香港出張はおそらく来月中旬頃になると思います。

ho.n.ko.n.shu.c.cho.o.wa
o.so.ra.ku.ra.i.ge.tsu.chu.u.ju.n.go.ro.ni
na.ru.to.o.mo.i.ma.su。

香港出差的行程大概會安排在下個月中旬。

4

ティラノザウルスは
おそらく時速（じそく）１８（じゅうはち）キロくらいで
歩（ある）いていたと推測（すいそく）されている。

ti.ra.no.za.u.ru.su.wa
o.so.ra.ku.ji.so.ku.ju.u.ha.chi.ki.ro.ku.ra.i.de
a.ru.i.te.i.ta.to.su.i.so.ku.sa.re.te.i.ru。

推測暴龍走路的時速大概有 180 公里。

5

おそらく彼（かれ）が日本最強（にほんさいきょう）の剣術使（けんじゅつつか）いでしょう。

o.so.ra.ku.ka.re.ga.ni.ho.n.sa.i.kyo.o.no.ke.n.ju.tsu.tsu.ka.i.de.sho.o。

他大概是日本最強的劍術達人。

たぶん

ta.bu.n

應該、可能…

1

水曜日ならたぶん行けると思います。

su.i.yo.o.bi.na.ra.ta.bu.n.i.ke.ru.to.o.mo.i.ma.su。

我星期三應該可以去。

2

今日は
たぶん 6 人くらい集まるでしょう。

kyo.o.wa
ta.bu.n.ro.ku.ni.n.ku.ra.i.a.tsu.ma.ru.de.sho.o。

今天應該會有 6 個人參加。

3

それはたぶん中野さんの忘れ物です。

so.re.wa.ta.bu.n.na.ka.no.sa.n.no.wa.su.re.mo.no.de.su。

那個應該是中野小姐忘記的東西。

4

明日（あした）はたぶん晴（は）れるだろう。

a.shi.ta.wa.ta.bu.n.ha.re.ru.da.ro.o。

明天應該是晴天吧！

來對話吧！

この魚（さかな）、食（た）べても大丈夫（だいじょうぶ）だと思（おも）う？

ko.no.sa.ka.na、ta.be.te.mo.da.i.jo.o.bu.da.to.o.mo.u?

這魚能吃嗎？

うん、たぶん大丈夫（だいじょうぶ）。

u.n、ta.bu.n.da.i.jo.o.bu。

嗯，應該沒問題的！

どうやら

do.o.ya.ra

正式　日常

看來是、好像是、多半…

005 MP3

1

どうやらうまくいったようだ。

do.o.ya.ra.u.ma.ku.i.t.ta.yo.o.da。

看來總算是順利解決了。

2

どうやらどこかで道（みち）を間違（まちが）えたみたいだ。

do.o.ya.ra.do.ko.ka.de.mi.chi.o ma.chi.ga.e.ta.mi.ta.i.da。

似乎是在哪裡走錯了路。

3

昨夜（さくや）はどうやら飲（の）んでいるうちに意識（いしき）を失（うしな）ったらしい。

sa.ku.ya.wa.do.o.ya.ra.no.n.de.i.ru.u.chi.ni i.shi.ki.o.u.shi.na.t.ta.ra.shi.i。

看來是昨天晚上不小心喝茫了。

4

どうやら彼女(かのじょ)は山本(やまもと)さんのおかあさんらしい。

do.o.ya.ra.ka.no.jo.wa ya.ma.mo.to.sa.n.no.o.ka.a.sa.n.ra.shi.i。

看來她應該是山本小姐的媽媽。

5

どうやら昨夜(さくや)食(た)べた魚(さかな)があたったようだ。

do.o.ya.ra.sa.ku.ya.ta.be.ta.sa.ka.na.ga.a.ta.t.ta.yo.o.da。

看來是昨天晚上那條魚的關係。

もしかすると

mo.shi.ka.su.ru.to

正式　日常

該不會、或許…

006 MP3

1

原宿（はらじゅく）を歩（ある）いていたら、

もしかして

スカウトされるかもしれない。

ha.ra.ju.ku.o.a.ru.i.te.i.ta.ra、
mo.shi.ka.shi.te
su.ka.u.to.sa.re.ru.ka.mo.shi.re.na.i。

要是走在原宿街頭，搞不好會被星探發掘。

2

もしかすると私（わたし）は

大変（たいへん）な勘違（かんちが）いを

していたのかもしれません。

mo.shi.ka.su.ru.to.wa.ta.shi.wa
ta.i.he.n.na.ka.n.chi.ga.i.o
shi.te.i.ta.no.ka.mo.shi.re.ma.se.n。

該不會是我誤會了什麼吧。

③

日本産(にほんさん)とされているこれらのウナギの多(おお)くがもしかすると中国産(ちゅうごくさん)かもしれない。

ni.ho.n.sa.n.to.sa.re.te.i.ru.ko.re.ra.no.u.na.gi.no.o.o.ku.ga、mo.shi.ka.su.ru.to.chu.u.go.ku.sa.n.ka.mo.shi.re.na.i。

這些標示為國產鰻魚的產品，
搞不好產地來自中國也不一定。

④

もしかするとあなたが酒井(さかい)さんですか？

mo.shi.ka.su.ru.to.a.na.ta.ga
sa.ka.i.sa.n.de.su.ka?

不曉得您是不是酒井先生呢？

注意！

もしかすると的日常用語為もしかして。

- A：折(お)り入(い)って話(はなし)があるんだけど、近々(ちかぢか)どこかで会(あ)えないかな？
  o.ri.i.t.te.ha.na.shi.ga.a.ru.n.da.ke.do、chi.ka.ji.ka.do.ko.ka.de.a.e.na.i.ka.na?
  有些重要的話想跟妳說，可以在附近見個面嗎？

- B：もしかしてプロポーズ？
  mo.shi.ka.shi.te.pu.ro.po.o.zu?
  難不成是求婚？

ひょっとすると

hyo.t.to.su.ru.to

日常

說不定、難不成…

007 MP3

1

ひょっとすると
彼女（かのじょ）もぼくに気（き）があるのかな？

hyo.t.to.su.ru.to
ka.no.jo.mo.bo.ku.ni.ki.ga.a.ru.no.ka.na?

難不成她對我也有意思？

2

ひょっとするとこれは
夢（ゆめ）かもしれない。

hyo.t.to.su.ru.to.ko.re.wa
yu.me.ka.mo.shi.re.na.i。

難不成這是夢。

3

ひょっとして
私（わたし）だまされたのかしら？

hyo.t.to.shi.te
wa.ta.shi.da.ma.sa.re.ta.no.ka.shi.ra?

難不成我被騙了？

咳が出て急に熱が出た…
ひょっとするとインフルエンザかもしれない。

se.ki.ga.de.te.kyu.u.ni.ne.tsu.ga.de.ta…
hyo.t.to.su.ru.to.i.n.fu.ru.e.n.za.ka.mo.shi.re.na.i。

先是咳嗽，然後又突然發燒…
說不定是得了流感。

5

ひょっとするとさっきの店に傘を置いてきたんじゃない？

hyo.t.to.su.ru.to.sa.k.ki.no.mi.se.ni.ka.sa.o.
o.i.te.ki.ta.n.ja.na.i?

該不會把雨傘放在剛才那家店裡了？

確定程度篇

- 絶対（ぜったい）：絕對　・きっと：一定　・おそらく：大概是
- たぶん：可能是　・どうやら：看來應該是
- もしかすると：難道是　・ひょっとしたら：說不定

本篇要學的是推測時所用到的副詞。藉由課堂中回答老師問題時的用詞，來判斷對答案的確信程度，在日常生活中也適用喔！

知道答案的人請舉手回答！

以下從確定～不確定排列

❶ 絶対（ぜったい）

ze.t.ta.i

絕對

絶対（ぜったい）答（こた）えは２５６（にひゃくごじゅうろく）だ！

ze.t.ta.i.ko.ta.e.wa.ni.hya.ku.go.ju.u.ro.ku.da!

答案絕對是256！

② きっと

ki.t.to

一定

確定 95 %

きっと 2 5 6（にひゃくごじゅうろく）で合（あ）ってる！

ki.t.to.ni.hya.ku.go.ju.u.ro.ku.de.a.t.te.ru!

一定是 256 ！

③ おそらく

o.so.ra.ku

大概

確定 80 %

おそらく答（こた）えは 2 5 6（にひゃくごじゅうろく）だ。

o.so.ra.ku.ko.ta.e.wa.ni.hya.ku.go.ju.u.ro.ku.da。

答案大概是256。

④ たぶん

ta.bu.n

可能

確定 75 %

たぶん答（こた）えは 2 5 6（にひゃくごじゅうろく）だろう。

ta.bu.n.ko.ta.e.wa.ni.hya.ku.go.ju.u.ro.ku.da.ro.o。

答案可能是256。

⑤ どうやら
do.o.ya.ra
看來應該…

確定 65 %

どうやら答(こた)えは ２ ５ ６(にひゃくごじゅうろく) らしい。

do.o.ya.ra.ko.ta.e.wa.ni.hya.ku.go.ju.u.ro.ku.ra.shi.i。

看來答案應該是256。

⑥ もしかすると
mo.shi.ka.su.ru.to
難不成…

確定 60 %

もしかすると答(こた)えは ２ ５ ６(にひゃくごじゅうろく) かな？

mo.shi.ka.su.ru.to.ko.ta.e.wa.ni.hya.ku.go.ju.u.ro.ku.ka.na?

難不成答案是256。

⑦ ひょっとしたら
hyo.t.to.shi.ta.ra
說不定

確定 50 %

ひょっとしたら答(こた)えは ２ ５ ６(にひゃくごじゅうろく) かな？
でも自信(じしん)がないなあ…。

hyo.t.to.shi.ta.ra.ko.ta.e.wa.ni.hya.ku.go.ju.u.ro.ku.ka.na?
de.mo.ji.shi.n.ga.na.i.na.a…

說不定答案是256？但是我不太確定…。

確定程度 比一比

❶
絶対（ぜったい）
ze.t.ta.i
絶對
100%

❷
きっと
ki.t.to
一定
95%

❸
おそらく
o.so.ra.ku
大概
80%

❹
たぶん
ta.bu.n
可能
75%

❺
どうやら
do.o.ya.ra
看來應該…
65%

❻
もしかすると
mo.shi.ka.su.ru.to
難不成…
60%

❼
ひょっとしたら
hyo.t.to.shi.ta.ra
說不定
50%

やはり

ya.ha.ri

正式

果然…

008
MP3

1

やはり自分には
まだまだ経験が足りませんでした。

ya.ha.ri.ji.bu.n.ni.wa
ma.da.ma.da.ke.i.ke.n.ga.ta.ri.ma.se.n.de.shi.ta。

我果然還是經驗不足。

2

やはりワインにはチーズがよく合う。

ya.ha.ri.wa.i.n.ni.wa.chi.i.zu.ga.yo.ku.a.u。

果然還是起司最適合搭配紅酒了。

3

広島といえばやはりお好み焼きでしょう。

hi.ro.shi.ma.to.i.e.ba.ya.ha.ri.o.ko.no.mi.ya.ki.de.sho.o。

說到廣島果然還是不能少了廣島燒！

お鍋(なべ)アンケートの結果(けっか)、やはり寄(よ)せ鍋(なべ)が一番人気(いちばんにんき)でした。

o.na.be.a.n.ke.e.to.no.ke.k.ka、ya.ha.ri.yo.se.na.be.ga.i.chi.ba.n.ni.n.ki.de.shi.ta。

火鍋問卷調查的結果，什錦寄鍋果然是人氣第一。

やはり有 2 種表現方式：

① 和以前比較起來沒有變化。

- 今(いま)でもやはり彼女(かのじょ)が忘(わす)れられない。
  i.ma.de.mo.ya.ha.ri.ka.no.jo.ga.wa.su.re.ra.re.na.i。
  果然到現在還是忘不了她。

② 指固定、既定俗成的事物。

- 大阪(おおさか)といえばやはりたこ焼(や)きでしょう。
  o.o.sa.ka.to.i.e.ba.ya.ha.ri.ta.ko.ya.ki.de.sho.o。
  說到大阪果然還是不能漏了章魚燒！
- 台湾(たいわん)といえばやはり夜市(よいち)。
  ta.i.wa.n.to.i.e.ba.ya.ha.ri.yo.i.chi。
  說到台灣果然還是不能少提到夜市。

やっぱり

ya.p.pa.ri

日常

果然、還是…

009 MP3

1

やっぱり温泉(おんせん)はいいね～！

ya.p.pa.ri.o.n.se.n.wa.i.i.ne～!

果然還是泡溫泉好呢！

2

やっぱりマレーシアは暑(あつ)かった。

ya.p.pa.ri.ma.re.e.shi.a.wa.a.tsu.ka.t.ta。

馬來西亞果然很熱。

3

やっぱり自分(じぶん)の家(いえ)が一番(いちばん)落(お)ち着(つ)くなあ。

ya.p.pa.ri.ji.bu.n.no.i.e.ga
i.chi.ba.n.o.chi.tsu.ku.na.a。

還是在自己家裡最能放鬆。

4

花束を贈ってくれたのは、

やっぱりあなただったんですね。

ha.na.ta.ba.o.o.ku.t.te.ku.re.ta.no.wa、
ya.p.pa.ri.a.na.ta.da.t.ta.n.de.su.ne。

送我花的人，果然是你！

來對話吧！

冷蔵庫にあったプリンを食べたの、私なの。

re.i.zo.o.ko.ni.a.t.ta.pu.ri.n.o.ta.be.ta.no、wa.ta.shi.na.no。

是我把冰箱裡的布丁吃掉的。

やっぱりね、そうじゃないかと思ってたんだ。

ya.p.pa.ri.ne、so.o.ja.na.i.ka.to.o.mo.t.te.ta.n.da。

果然，我還在想會不會不是妳呢！

案の定

a.n.no.jo.o

正式　日常

想必是、果然、不出所料…

1

昨夜深酒(さくやふかざけ)をしたら、
案(あん)の定(じょう)寝坊(ねぼう)してしまった。

sa.ku.ya.fu.ka.za.ke.o.shi.ta.ra、
a.n.no.jo.o.ne.bo.o.shi.te.shi.ma.t.ta。

昨天晚上喝太多酒，
果然睡過頭了。

2

熱(ねつ)っぽいので体温計(たいおんけい)で測(はか)ってみたら、
案(あん)の定(じょう)熱(ねつ)が　３８(さんじゅうはち)度(ど)もあった。

ne.tsu.p.po.i.no.de.ta.i.o.n.ke.i.de.ha.ka.t.te.mi.ta.ra、
a.n.no.jo.o.ne.tsu.ga.sa.n.ju.u.ha.chi.do.mo.a.t.ta。

體溫似乎有點偏高，用體溫計一量，
果然不出所料有 38 度。

3

ちゃんと勉強(べんきょう)していなかったから、
案(あん)の定(じょう)試験(しけん)に失敗(しっぱい)した。

cha.n.to.be.n.kyo.o.shi.te.i.na.ka.t.ta.ka.ra、
a.n.no.jo.o.shi.ke.n.ni.shi.p.pa.i.shi.ta。

沒有認真唸書，果然考砸了。

父が投資した夢のような儲け話は、
案の定詐欺だった。

chi.chi.ga.to.o.shi.shi.ta.yu.me.no.yo.o.na.mo.o.ke.ba.na.shi.wa、
a.n.no.jo.o.sa.gi.da.t.ta。

爸爸那利潤高得嚇人的投資
想必是詐騙。

5

案の定夏休みの終わり頃になって宿題に追われてる。
だから早く取りかかりなさいって言ったでしょう。

a.n.no.jo.o.na.tsu.ya.su.mi.no.o.wa.ri.go.ro.ni.na.t.te.shu.ku.da.i.ni.o.wa.re.te.ru。
da.ka.ra.ha.ya.ku.to.ri.ka.ka.ri.na.sa.i.t.te.i.t.ta.de.sho.o。

暑假快結束的時候果然累積了不少作業！
所以才叫你要早點開始寫嘛！

案外（あんがい）

a.n.ga.i

正式

日常

出乎意料地…

011 MP3

1

パソコンもやってみると案外楽（あんがいたの）しいでしょう！

pa.so.ko.n.mo.ya.t.te.mi.ru.to.
a.n.ga.i.ta.no.shi.i.de.sho.o！

想不到電腦還滿有趣的吧！

2

日本（にほん）も案外暑（あんがいあつ）いんですね。

ni.ho.n.mo.a.n.ga.i.a.tsu.i.n.de.su.ne。

意外地日本也很熱呢！

3

ああ見（み）えて彼（かれ）にも案外（あんがい）やさしいところがある。

a.a.mi.e.te.ka.re.ni.mo.a.n.ga.i.ya.sa.shi.i.
to.ko.ro.ga.a.ru。

別看他那樣子，
其實意外地也有溫柔的一面。

簡単そうに見えて、実際にやってみると案外難しいものですね。

ka.n.ta.n.so.o.ni.mi.e.te、
ji.s.sa.i.ni.ya.t.te.mi.ru.to.a.n.ga.i.mu.zu.ka.shi.i.mo.no.de.su.ne。

看起來很簡單，
實際上卻出乎意料地困難呢！

近藤さんは見かけによらず案外キレやすい。

ko.n.do.o.sa.n.wa.mi.ka.ke.ni.yo.ra.zu.a.n.ga.i.ki.re.ya.su.i。

外表和善的近藤先生意外得非常易怒呢！

意外(いがい)と

i.ga.i.to

正式　日常

意外地、想不到…

012 MP3

1

まぐろの刺身(さしみ)とマヨネーズは
意外(いがい)と合(あ)うらしい。

ma.gu.ro.no.sa.shi.mi.to.ma.yo.ne.e.zu.wa
i.ga.i.to.a.u.ra.shi.i。

想不到鮪魚生魚片和美奶滋很搭呢！

2

鈴木(すずき)さんは話(はな)してみると
意外(いがい)と気(き)さくな人(ひと)だった。

su.zu.ki.sa.n.wa.ha.na.shi.te.mi.ru.to
i.ga.i.to.ki.sa.ku.na.hi.to.da.t.ta。

試著跟鈴木先生聊天意外地發現他是個豪爽的人。

3

へ～知(し)らなかった。
亀(かめ)は意外(いがい)と速(はや)く走(はし)るんだね。

he～shi.ra.na.ka.t.ta。
ka.me.wa.i.ga.i.to.ha.ya.ku.ha.shi.ru.n.da.ne。

咦～我之前都不曉得，
想不到烏龜爬得滿快的嘛！

日本では意外に知られていないが、実は台湾にも温泉がたくさんある。

ni.ho.n.de.wa.i.ga.i.ni.shi.ra.re.te.i.na.i.ga、
ji.tsu.wa.ta.i.wa.n.ni.mo.o.n.se.n.ga.ta.ku.sa.n.a.ru。

在日本，竟然很少有人知道
其實台灣也有很多溫泉。

來對話吧！

きちんとお化粧をすると、きみも意外と美人だね。
ki.chi.n.to.o.ke.sho.o.o.su.ru.to、ki.mi.mo.i.ga.i.to.bi.ji.n.da.ne。
沒想到好好化妝的話，妳也是個美女呢！

意外とは失礼ねえ。
i.ga.i.to.wa.shi.tsu.re.i.ne.e!
你說「沒想到」還真是失禮呢！

てっきり

te.k.ki.ri

日常

鐵定是、一定是…

013
MP3

1

すみません！
てっきり誰(だれ)もいないかと思(おも)って…。

su.mi.ma.se.n!
te.k.ki.ri.da.re.mo.i.na.i.ka.to.o.mo.t.te…。

不好意思！
我以為裡面一定沒人…。

2

てっきり今日(きょう)が遠足(えんそく)だと思(おも)っていた。

te.k.ki.ri.kyo.o.ga.e.n.so.ku.da.to.o.mo.t.te.i.ta。

我以為是今天去遠足。

3

てっきり雨(あめ)は降(ふ)らないと思(おも)って、傘(かさ)を持(も)ってこなかった。

te.k.ki.ri.a.me.wa.fu.ra.na.i.to.o.mo.t.te、ka.sa.o.mo.t.te.ko.na.ka.t.ta。

以為一定不會下雨就沒帶傘。

案外(あんがい)、意外(いがい)と用在與先前印象有所出入，正面、負面的使用狀況皆有；てっきり則是用於完全不疑有他，但卻出現不同結果時狼狽的情況。

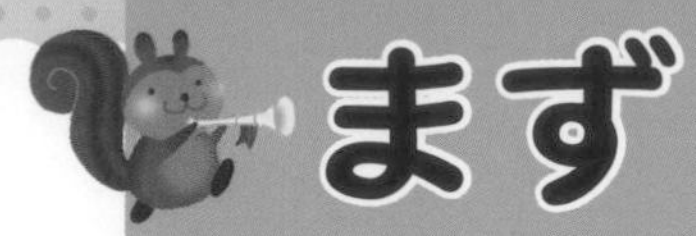

まず

ma.zu

正式　日常

首先…

014 MP3 

1

まず最初(さいしょ)に
自己紹介(じこしょうかい)から始(はじ)めさせていただきます。

ma.zu.sa.i.sho.ni
ji.ko.sho.o.ka.i.ka.ra.ha.ji.me.sa.se.te.i.ta.da.ki.ma.su。

那麼我就先從自我介紹開始。

2

まず手始(てはじ)めにこの部屋(へや)から片付(かたづ)けよう。
ma.zu.te.ha.ji.me.ni.ko.no.he.ya.ka.ra.ka.ta.zu.ke.yo.o。
先從這個房間開始著手整理吧！

まず乾杯(かんぱい)からいきましょう。
乾杯(かんぱい)！

ma.zu.ka.n.pa.i.ka.ra.i.ki.ma.sho.o。
ka.n.pa.i!

讓我們先乾一杯吧！乾杯！

4

まず箱の中身が揃っていることを確認してください。

ma.zu.ha.ko.no.na.ka.mi.ga.so.ro.t.te.i.ru.ko.to.o
ka.ku.ni.n.shi.te.ku.da.sa.i。

請先確認箱子裡的物品是否齊全。

私は日本の銭湯に入るのはこれが初めてなんです。

wa.ta.shi.wa.ni.ho.n.no.se.n.to.o.ni.ha.i.ru.no.wa.ko.re.ga.ha.ji.me.
te.na.n.de.su。

我是第一次來日本的澡堂…

湯船に入る前に、
まずよく体にお湯を掛けて洗うんですよ。

yu.bu.ne.ni.ha.i.ru.ma.e.ni,
ma.zu.yo.ku.ka.ra.da.ni.o.yu.o.ka.ke.te.a.ra.u.n.de.su.yo。

在進入浴池前，要先把身體沖洗乾淨喔！

はじめに

ha.ji.me.ni

正式　日常

首先、一開始

015 MP3

1

はじめに今日(きょう)のスケジュールを
ご説明(せつめい)します。

ha.ji.me.ni.kyo.o.no.su.ke.ju.u.ru.o.
go.se.tsu.me.i.shi.ma.su。

首先說明本日的行程。

2

はじめに浅草寺(せんそうじ)にお参(まい)りしてから、
その後(あと)仲見世(なかみせ)で自由時間(じゆうじかん)を取ります。

ha.ji.me.ni.se.n.so.o.ji.ni.o.ma.i.ri.shi.te.ka.ra、
so.no.a.to.na.ka.mi.se.de.ji.yu.u.ji.ka.n.o.to.ri.ma.su。

首先參拜淺草寺，

之後在仲見世商店街為自由活動時間。

3

はじめにお断りしておきますが、これはあくまで架空の話です。

ha.ji.me.ni.o.ko.to.wa.ri.shi.te.o.ki.ma.su.ga、ko.re.wa.a.ku.ma.de.ka.ku.u.no.ha.na.shi.de.su。

首先我想先說明這純粹是個虛構的故事。

4

はじめになぜ私がこのテーマを選んだかをお話しします。

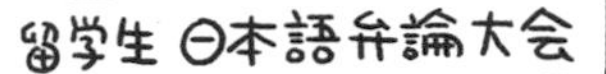

ha.ji.me.ni.na.ze.wa.ta.shi.ga.ko.no.te.e.ma.o.e.ra.n.da.ka.o.o.ha.na.shi.shi.ma.su。

首先，我從選擇這個題目作為主題的原因說起。

5

まずはじめに何から運びましょうか？

ma.zu.ha.ji.me.ni
na.ni.ka.ra.ha.ko.bi.ma.sho.o.ka?

一開始先搬什麼好呢？

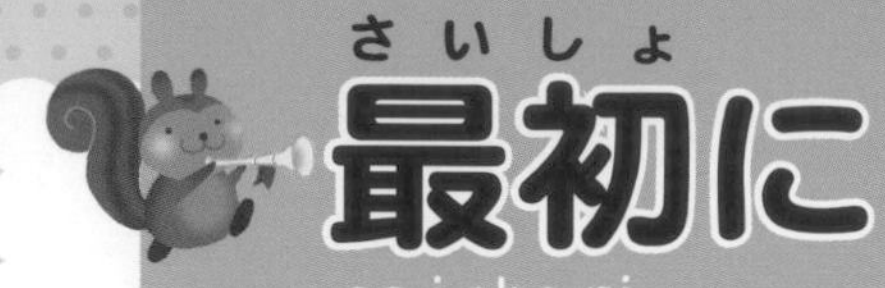

最初に

さいしょ

sa.i.sho.ni

正式　日常

首先、最先、先…

016 MP3

1

最初によく準備運動をしましょう。

sa.i.sho.ni.yo.ku.ju.n.bi.u.n.do.o.o.shi.ma.sho.o。

先來把暖身運動確實作好吧！

2

世界で最初に郵便切手を
発行した国はイギリスです。

se.ka.i.de.sa.i.sho.ni.yu.u.bi.n.ki.t.te.o
ha.k.ko.o.shi.ta.ku.ni.wa.i.gi.ri.su.de.su。

世界上最先發行郵票的國家是英國。

3

今日は最初にどこに行く？

kyo.o.wa.sa.i.sho.ni.do.ko.ni.i.ku?

今天要先去哪裡呢？

4

日本のおばさんたちが最初にはまった韓流ドラマは「冬のソナタ」だ。

ni.ho.n.no.o.ba.sa.n.ta.chi.ga.sa.i.sho.ni.ha.ma.t.ta
ka.n.ryu.u.do.ra.ma.wa「fu.yu.no.so.na.ta」da。

日本主婦們最一開始

迷上的韓劇是「冬季戀歌」。

5

朝起きたらまず最初に布団を畳んで押し入れにしまい、それから顔を洗います。

a.sa.o.ki.ta.ra.ma.zu.sa.i.sho.ni.fu.to.n.o.ta.ta.n.de.o.shi.i.re.ni.shi.ma.i、
so.re.ka.ra.ka.o.o.a.ra.i.ma.su。

早上起床的時候，先疊好棉被收進櫃子裡，接著再去洗臉。

第一に（だいいち）

da.i.i.chi.ni

正式　日常

第一順位、最重要

017 MP3

1

私（わたし）は家族（かぞく）の幸（しあわ）せを
第一（だいいち）に考（かんが）えている。

wa.ta.shi.wa.ka.zo.ku.no.shi.a.wa.se.o
da.i.i.chi.ni.ka.n.ga.e.te.i.ru。

我把家人的幸福擺在第一順位。

2

今日（きょう）も安全第一（あんぜんだいいち）に仕事（しごと）をしよう！

kyo.o.mo.a.n.ze.n.da.i.i.chi.ni.shi.go.to.o.shi.yo.o!

今天的工作也是安全第一喔！

3

健康（けんこう）を第一（だいいち）にがんばってね。

ke.n.ko.o.o.da.i.i.chi.ni.ga.n.ba.t.te.ne。

身體健康最重要！加油喔！

4

マイホーム購入には興味がない。
第一ぼくにはそんなお金はない。

ma.i.ho.o.mu.ko.o.nyu.u.ni.wa.kyo.o.mi.ga.na.i。
da.i.i.chi.bo.ku.ni.wa.so.n.na.o.ka.ne.wa.na.i。

我對買房子沒興趣。
最重要的是我也沒有那個錢。

5

彼のことを悪く言わないで。
第一あなたには関係のないことでしょう！

ka.re.no.ko.to.o.wa.ru.ku.i.wa.na.i.de。
da.i.i.chi.a.na.ta.ni.wa.ka.n.ke.i.no.na.i.ko.to.de.sho.o!

不要說他的壞話！最重要的是這跟你沒關係！

注意！

第一除了表示順序的「第一」以外，還有最重要、先不管其他的事、比其他事更重要的語感。

次に

tsu.gi.ni

正式 日常

接下來

018 MP3

次に清水寺に向かいます。

tsu.gi.ni.ki.yo.mi.zu.de.ra.ni.mu.ka.i.ma.su。

接下來往清水寺前進。

次に何を
したらいいでしょうか？

tsu.gi.ni.na.ni.o
shi.ta.ra.i.i.de.sho.o.ka?

接下來做什麼好呢？

トイレの掃除が終わったら、
次にお風呂もお願いね。

to.i.re.no.so.o.ji.ga.o.wa.t.ta.ra、
tsu.gi.ni.o.fu.ro.mo.o.ne.ga.i.ne。

廁所打掃完的話，
接下來浴室也麻煩你了。

4

次(つぎ)に起(お)こることを次々(つぎつぎ)と予測(よそく)できたらすごいのになあ。

tsu.gi.ni.o.ko.ru.ko.to.o.tsu.gi.tsu.gi.to.yo.so.ku.de.ki.ta.ra.su.go.i.no.ni.na.a。

接下來發生的事都可以一個接一個準確預測的話，就太厲害了！

○月○日名古屋爆炸事件
○月△日北海道牛群大暴走
○月×日東京街頭鈔票從天而降

來對話吧！

アルパカのはなこちゃんはCMで人気者(にんきもの)になったね。

a.ru.pa.ka.no.ha.na.ko.cha.n.wa.shi.i.e.mu.de.ni.n.ki.mo.no.ni.na.t.ta.ne。

羊駝小花成了廣告新寵兒呢！

次(つぎ)にブレイクする動物(どうぶつ)はなんだろう？

tsu.gi.ni.bu.re.i.ku.su.ru.do.o.bu.tsu.wa.na.n.da.ro.o?

不曉得接下來造成話題的動物會是什麼呢？

続いて

tsu.zu.i.te

正式　日常

接下來、繼續

019 MP3 

1

続いて明日の天気をお伝えします。

tsu.zu.i.te.a.shi.ta.no.te.n.ki.o.o.tsu.ta.e.shi.ma.su。

接下來為您播報明天的天氣。

2

…以上が私の台湾での暮らしです。
続いて日本に来てからの生活に
ついてお話しします。

…i.jo.o.ga.wa.ta.shi.no.ta.i.wa.n.de.no.ku.ra.shi.de.su。
tsu.zu.i.te.ni.ho.n.ni.ki.te.ka.ra.no.se.i.ka.tsu.ni
tsu.i.te.o.ha.na.shi.shi.ma.su。

以上是我在台灣的生活。
接下來我要談的是
到了日本之後的生活。

3

去年(きょねん)祖父(そふ)に
続(つづ)いて祖母(そぼ)も亡(な)くなりました。

kyo.ne.n.so.fu.ni
tsu.zu.i.te.so.bo.mo.na.ku.na.ri.ma.shi.ta。

去年繼祖父之後祖母也去世了。

4

昨日(きのう)に続(つづ)いて今日(きょう)も副詞(ふくし)の勉強(べんきょう)をします。

ki.no.o.ni.tsu.zu.i.te.kyo.o.mo.fu.ku.shi.no.be.n.kyo.o.o.shi.ma.su。

今天也要繼續學習副詞。

5

えさ台(だい)に最初(さいしょ)にやって来(き)たのは雀(すずめ)、
続(つづ)いてやって来(き)たのはメジロだった。

e.sa.da.i.ni.sa.i.sho.ni.ya.t.te.ki.ta.no.wa.su.zu.me、
tsu.zu.i.te.ya.t.te.ki.ta.no.wa.me.ji.ro.da.t.ta。

最先來到飼料台的是麻雀，接著是綠繡眼。

最後(さいご)に

sa.i.go.ni

正式　日常

最後…

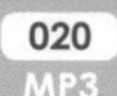

020 MP3

①

私(わたし)たちは最後(さいご)に
ひとことさようならと言(い)って別(わか)れた。

wa.ta.shi.ta.chi.wa.sa.i.go.ni
hi.to.ko.to.sa.yo.o.na.ra.to.i.t.te.wa.ka.re.ta。

我們最後只說了聲再見就分手了。

②

最後(さいご)になりましたが、
本日(ほんじつ)は私(わたし)のためにお集(あつ)まりいただき、
本当(ほんとう)にありがとうございました。

sa.i.go.ni.na.ri.ma.shi.ta.ga、
ho.n.ji.tsu.wa.wa.ta.shi.no.ta.me.ni.o.a.tsu.ma.ri.i.ta.da.ki、
ho.n.to.o.ni.a.ri.ga.to.o.go.za.i.ma.shi.ta。

已經進入了最後階段，
真的非常感謝大家
今天專程前來。

3

最後にきれいに片付けて
会場を後にした。

sa.i.go.ni.ki.re.i.ni.ka.ta.zu.ke.te.
ka.i.jo.o.o.a.to.ni.shi.ta。

最後把會場整理乾淨善後再離開。

4

最後にパーッと打ち上げ
パーティーをしましょう。

sa.i.go.ni.pa.a.t.to.u.chi.a.ge.
pa.a.ti.i.o.shi.ma.sho.o。

最後再一口氣辦個慶功 Party 吧！

5

最後にこれだけは言っておきたい。

sa.i.go.ni.ko.re.da.ke.wa.i.t.te.o.ki.ta.i。

最後我想說的就只有這些。

貓頭鷹小教室

先後順序篇

- まず：首先
- はじめに：先
- 最初に：先
- 次に：接著
- 続いて：接著
- 最後：最後

跟著馬井葉津代老師學作料理，試著把表示時間順序的副詞學起來吧！

順序123

做菜好簡單

大家午安。今天要做的是10分鐘就可完成的4人份「烤香菇」。

みなさんこんにちは。今日は１０分でできる「椎茸ステーキ」４人分です。

1

まず

ma.zu

首先

まず肉厚の生椎茸を　１２枚、
にんにくを１かけら、
パセリを少々用意します。

ma.zu.ni.ku.a.tsu.no.na.ma.shi.i.ta.ke.o.ju.u.ni.ma.i、
ni.n.ni.ku.o.hi.to.ka.ke.ra、
pa.se.ri.o.sho.o.sho.o.yo.o.i.shi.ma.su。

首先要準備菇肉較厚的生香菇 12 朵，
大蒜一瓣，芹菜少許。

<Step1>

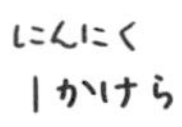

❷ **はじめに**

ha.ji.me.ni

先

❸ **最初に**（さいしょ）

sa.i.sho.ni

先

<Step2>

はじめに（最初に）生椎茸は石づきを切り、
にんにくとパセリはみじん切りにしておきます。

ha.ji.me.ni（sa.i.sho.ni）na.ma.shi.i.ta.ke.wa.i.shi.zu.ki.o.ki.ri、
ni.n.ni.ku.to.pa.se.ri.wa.mi.ji.n.gi.ri.ni.shi.te.o.ki.ma.su。

先將香菇的蒂頭切除，大蒜和芹菜切成末備用。

❹ **次に**（つぎ）

tsu.gi.ni

接著、接下來

次にフライパンにオリーブオイルを
大さじ2杯くらい入れて熱します。

tsu.gi.ni.fu.ra.i.pa.n.ni.o.ri.i.bu.o.i.ru.o
o.o.sa.ji.ni.ha.i.ku.ra.i.i.re.te.ne.s.shi.ma.su。

接著在平底鍋內倒入2大匙橄欖油加熱。

<Step3>

その次に生椎茸を入れ、
しんなりするまで両面を焼いたら、
にんにくを加えてさっと炒めます。

so.no.tsu.gi.ni.na.ma.shi.i.ta.ke.o.i.re、
shi.n.na.ri.su.ru.ma.de.ryo.o.me.n.o.ya.i.ta.ra、
ni.n.ni.ku.o.ku.wa.e.te.sa.t.to.i.ta.me.ma.su。

接下來放入生香菇，將兩面煎軟後，
加入大蒜快速地拌炒。

<Step4>

5 続いて

tsu.zu.i.te

然後

<Step5>

続いて醤油大さじ２杯、
日本酒大さじ２杯、
胡椒少々を加えます。

tsu.zu.i.te.sho.o.yu.o.o.sa.ji.ni.ha.i、
ni.ho.n.shu.o.o.sa.ji.ni.ha.i、
ko.sho.o.sho.o.sho.o.o.ku.wa.e.ma.su。

然後加入醬酒 2 大匙、
日本酒 2 大匙、胡椒少許。

6 最後に

sa.i.i.go.ni

最後

<Step6>

最後にパセリを振ってできあがりです！

sa.i.go.ni.pa.se.ri.o.fu.t.te.de.ki.a.ga.ri.de.su!

最後灑上芹菜就完成了！

馬井津代老師的10分鐘料理教室

順序123 做菜好簡單

① まず
ma.zu
首先

<步驟1>

首先準備食材

② はじめに
ha.ji.me.ni
先

③ 最初(さいしょ)に
sa.i.sho.ni
先

<步驟2>

準備好食材後，
接著先備料

④ 次(つぎ)に
tsu.gi.ni
接著

<步驟3>

接下來倒油熱鍋

<步驟4>

鍋熱後，接著
放入食材拌炒

⑤ 続(つづ)いて
tsu.zu.i.te
然後

<步驟5>

然後加入調味料

⑥ 最後(さいご)に
完成！
sa.i.i.go.ni
最後

<步驟6>

最後撒上芹菜
美味的烤香菇
就完成了！

たとえば

ta.to.e.ba

正式　日常

例如…

021 MP3

休日にすることといえば、
たとえば庭の手入れや読書などです。

kyu.u.ji.tsu.ni.su.ru.ko.to.to.i.e.ba、
ta.to.e.ba.ni.wa.no.te.i.re.ya.do.ku.sho.na.do.de.su。

說到假日做的事，
大概就例如像整修庭園或看書之類的。

外国で暮らすとすれば、
たとえばどんな国がいいですか？

ga.i.ko.ku.de.ku.ra.su.to.su.re.ba、
ta.to.e.ba.do.n.na.ku.ni.ga.i.i.de.su.ka?

如果要住在國外的話，
舉例來說怎樣的國家比較好呢？

3

たまには小旅行でも…
たとえば近場の温泉にでも行かない？

ta.ma.ni.wa.sho.o.ryo.ko.o.de.mo…
ta.to.e.ba.chi.ka.ba.no.o.n.se.n.ni.de.mo.i.ka.na.i?

偶而來個小旅行也不錯，
例如去附近泡泡溫泉之類的？

4

たとえば餃子(ぎょうざ)や麻婆豆腐(マーボーどうふ)などが日本人(にほんじん)が好(す)きな中華料理(ちゅうかりょうり)です。

ta.to.e.ba.gyo.o.za.ya.ma.a.bo.o.do.o.fu.na.do.ga.
ni.ho.n.ji.n.ga.su.ki.na.chu.u.ka.ryo.o.ri.de.su。

舉例來說像餃子或麻婆豆腐等等，
都是日本人喜歡的中華料理。

來對話吧！

彼(かれ)の本当(ほんとう)の気持(きも)ちを確(たし)かめるいい方法(ほうほう)はないかなあ？

ka.re.no.ho.n.to.o.no.ki.mo.chi.o
ta.shi.ka.me.ru.i.i.ho.o.ho.o.wa.na.i.ka.na.a?

有沒有可以知道他心意的好辦法呢？

たとえばこうしたらどう？別(べつ)の人(ひと)に気(き)があるふりをしてみるとか。

ta.to.e.ba.ko.o.shi.ta.ra.do.o?
be.tsu.no.hi.to.ni.ki.ga.a.ru.fu.ri.o.shi.te.mi.ru.to.ka。

例如假裝對別人有意思看看怎麼樣呢？

ひとつには

hi.to.tsu.ni.wa

正式　日常

其中之一

022 MP3

1

どうして日本語に興味を持ったのですか？

do.o.shi.te.ni.ho.n.go.ni.kyo.o.mi.o.mo.t.ta.no.de.su.ka?

妳為什麼會對日文有興趣呢？

ひとつには日本のドラマが大好きだからです。

hi.to.tsu.ni.wa.ni.ho.n.no.do.ra.ma.ga da.i.su.ki.da.ka.ra.de.su。

我很喜歡日劇是其中一個原因。

2

父がウォーキングを始めたきっかけは、
ひとつにはメタボ解消のため、
もう一つには愛犬との散歩のためだった。。

chi.chi.ga.u.o.o.ki.n.gu.o.ha.ji.me.ta.ki.k.ka.ke.wa、
hi.to.tsu.ni.wa.me.ta.bo.ka.i.sho.o.no.ta.me、
mo.o.hi.to.tsu.ni.wa.a.i.ke.n.to.no.sa.n.po.no.ta.me.da.t.ta。

爸爸會開始慢跑的原因之一
是為了要減緩糖尿病的毛病，
另一個原因則是為了陪愛犬散步。

3

会社が発展する条件のひとつには、
優秀な人材が挙げられる。

ka.i.sha.ga.ha.t.te.n.su.ru.jo.o.ke.n.no.hi.to.tsu.ni.wa、
yu.u.shu.u.na.ji.n.za.i.ga.a.ge.ra.re.ru。

公司要進步的其中一個條件
就是要選用優秀的人才。

4

京都に来た理由のひとつには、
禅寺の庭を
見学したかったからです。

kyo.o.to.ni.ki.ta.ri.yu.u.no.hi.to.tsu.ni.wa、
ze.n.de.ra.no.ni.wa.o
ke.n.ga.ku.shi.ta.ka.t.ta.ka.ra.de.su。

來到京都的其中一個理由
是為了參觀禪寺的庭園造景。

5

お店が流行らないのは、
ひとつには
立地に問題があるからだと思う。

o.mi.se.ga.ha.ya.ra.na.i.no.wa、
hi.to.tsu.ni.wa
ri.c.chi.ni.mo.n.da.i.ga.a.ru.ka.ra.da.to.o.mo.u。

這家店生意不好的其中一個原因，
我想是因為地點不好的關係。

すなわち

su.na.wa.chi

正式

是、也就是…

023

MP3

1

「正午(しょうご)」とは昼(ひる)の中間点(ちゅうかんてん)、
すなわち昼(ひる)の１２時(じゅうにじ)を指(さ)す。

「sho.o.go」to.wa.hi.ru.no.chu.u.ka.n.te.n、
su.na.wa.chi.hi.ru.no.ju.u.ni.ji.o.sa.su。

「正午」指的是正中午的這個時間點，
也就是中午 12 點。

2

私(わたし)たちの先祖(せんぞ)すなわち原始人(げんしじん)たちにも
喜怒哀楽(きどあいらく)はあったはずだ。

wa.ta.shi.ta.chi.no.se.n.zo.su.na.wa.chi.ge.n.shi.
ji.n.ta.chi.ni.mo.ki.do.a.i.ra.ku.wa.a.t.ta.ha.zu.da。

我們人類的祖先，也就是原始人，
他們應該也是有喜怒哀樂的。

3

彼(かれ)の祖父(そふ)すなわち近藤祐輔(こんどうゆうすけ)は
地元(じもと)では有名(ゆうめい)な富豪(ふごう)だった。

ka.re.no.so.fu.su.na.wa.chi.ko.n.do.o.yu.u.su.ke.wa
ji.mo.to.de.wa.yu.u.me.i.na.fu.go.o.da.t.ta。

他的祖父，也就是近藤祐輔，
是當地有名的富豪。

4

人生とはすなわち旅路である。
険しい道も心地よい道も、
時には足を休める木陰やベンチもある。

ji.n.se.i.to.wa.su.na.wa.chi.ta.bi.ji.de.a.ru。
ke.wa.shi.i.mi.chi.mo.ko.ko.chi.yo.i.mi.chi.mo、
to.ki.ni.wa.a.shi.o.ya.su.me.ru.ko.ka.ge.ya.be.n.chi.mo.a.ru。

所謂人生，換言之就像一趟旅程。

旅途中有危險也有平順，
也時有可以歇腳的樹蔭或長椅。

5

結婚とはすなわち新しい羅針盤を
用いてふたりで舵を取る新しい船出である。

ke.k.ko.n.to.wa.su.na.wa.chi.a.ta.ra.shi.i.ra.shi.n.ba.n.o
mo.chi.i.te.a.fu.ta.ri.de.ka.ji.o.to.ru.a.ta.shi.i.fu.na.de.de.a.ru。

結婚換言之就是兩個人用新的羅盤

共同掌舵，駛向嶄新的未來。

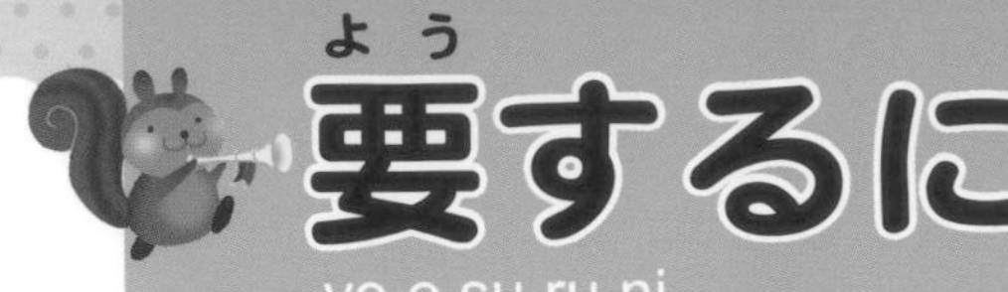

要(よう)するに

yo.o.su.ru.ni

正式

總之、大致上…

MP3

①

ブログとは
要(よう)するにインターネット上(じょう)の
日記(にっき)のようなものです。

bu.ro.gu.to.wa
yo.o.su.ru.ni.i.n.ta.a.ne.t.to.jo.o.no
ni.k.ki.no.yo.o.na.mo.no.de.su。

總之部落格就像是寫在網路上的日記。

②

子(こ)どもの頃(ころ)からお小遣(こづか)いで買(か)うのは本(ほん)ばかり。
要(よう)するに昔(むかし)から本(ほん)の虫(むし)だったんです。

ko.do.mo.no.ko.ro.ka.ra.o.ko.zu.ka.i.de.ka.u.no.wa.ho.n.ba.ka.ri。
yo.o.su.ru.ni.mu.ka.shi.ka.ra.ho.n.no.mu.shi.da.t.ta.n.de.su。

我小時候用零用錢買的東西幾乎全都是書。
總之從以前開始就是隻啃書蟲。

③

説明(せつめい)が長(なが)くなりましたが、
要(よう)するに新(あたら)しい新幹線駅(しんかんせんえき)の建設(けんせつ)は
来年(らいねん)3月(さんがつ)まで保留(ほりゅう)になったということです。

se.tsu.me.i.ga.na.ga.ku.na.ri.ma.shi.ta.ga、
yo.o.su.ru.ni.a.ta.ra.shi.i.shi.n.ka.n.se.n.e.ki.no.ke.n.se.tsu.wa.
ra.i.ne.n.sa.n.ga.tsu.ma.de.ho.ryu.u.ni.na.t.ta.to.i.u.ko.to.de.su。

說明有點冗長，總之新幹線的建設計劃會保留至明年 3 月。

4

なるほど！要(よう)するにこうすればいいんですね？

na.ru.ho.do! yo.o.su.ru.ni.ko.o.su.re.ba.i.i.n.de.su.ne?

原來如此！大致上這樣就可以了是吧？

來對話吧！

昨日(きのう)実家(じっか)に電話(でんわ)したら、
母(はは)がそろそろあっちで暮(く)らさないかって言(い)うの。
でも私(わたし)たちにも都合(つごう)があるし。
でもやっぱりひとり暮(ぐ)らしの母(はは)も気(き)になるし…

ki.no.o.ji.k.ka.ni.de.n.wa.shi.ta.ra、
ha.ha.ga.so.ro.so.ro.a.c.chi.de.ku.ra.sa.na.i.ka.t.te.i.u.no。
de.mo.wa.ta.shi.ta.chi.ni.mo.tsu.go.o.ga.a.ru.shi。
de.mo.ya.p.pa.ri.hi.to.ri.gu.ra.shi.no.ha.ha.mo.ki.ni.na.ru.shi…

昨天打電話回老家，媽媽說差不多該搬來跟我們同住了，
可是我們自己也很忙，但也對獨居的媽媽放心不下…

要(よう)するになにが言(い)いたいの？

yo.o.su.ru.ni.na.ni.ga.i.i.ta.i.no?

總之，妳到底想說什麼？

要は（よう）

yo.o.wa

正式

主要、最重要的是…

025 MP3

1

合格（ごうかく）するかどうか、要（よう）は本人（ほんにん）の努力（どりょく）次第（しだい）だ。

go.o.ka.ku.su.ru.ka.do.o.ka、yo.o.wa.ho.n.ni.n.no.do.ryo.ku.shi.da.i.da。

考不考得上，主要還是看她自己的努力。

2

人間要（にんげんよう）は人柄（ひとがら）です。

ni.n.ge.n.yo.o.wa.hi.to.ga.ra.de.su。

一個人最重要的是人品。

3

どうしたらそんなに
うまくスキーを
滑れるようになるの？

do.o.shi.ta.ra.so.n.na.ni
u.ma.ku.su.ki.i.o
su.be.re.ru.yo.o.ni.na.ru.no?

要怎樣才能像你一樣
滑得這麼厲害呢？

要は腰の重心だよ。

yo.o.wa.ko.shi.no.ju.u.shi.n.da.yo。

最重要的是腰的重心。

4

パソコン上達のこつはなんですか？

pa.so.ko.n.jo.o.ta.tsu.no.ko.tsu.wa.na.n.de.su.ka?

精通電腦的秘訣是什麼？

要は慣れですよ。

yo.o.wa.na.re.de.su.yo。

最重要的是要熟練囉！

注意！

- 要するに是歸納起來的意思，是つまり的另一種說法。
- 要は重點是…的意思。

つまり

tsu.ma.ri

正式 日常

是、也就是…

026 MP3 

1

彼女(かのじょ)の母親(ははおや)と私(わたし)の父親(ちちおや)は
いとこ同士(どうし)、
つまり彼女(かのじょ)は私(わたし)のはとこです。

ka.no.jo.no.ha.ha.o.ya.to.wa.ta.shi.no.
chi.chi.o.ya.wa.i.to.ko.do.o.shi、
tsu.ma.ri.ka.no.jo.wa.wa.ta.shi.no.
ha.to.ko.de.su。

她媽媽和我爸爸是堂姐弟，
也就是說她和我是表姊妹。

2

我(わ)が社(しゃ)の製品(せいひん)にはJIS(ジス)マーク、
つまり日本工業(にほんこうぎょう)規格(きかく)の印(しるし)がついています。

wa.ga.sha.no.se.i.hi.n.ni.wa.ji.su.ma.a.ku、
tsu.ma.ri.ni.ho.n.ko.o.gyo.o.ki.ka.ku.no.shi.ru.shi.ga.tsu.i.te.i.ma.su。

我們公司的商品有 JIS 標誌，
也就是持有日本工業合格標章。

3

彼(かれ)は純粋(じゅんすい)すぎる、
つまり世間知(せけんし)らずなお坊(ぼっ)ちゃんなのだ。

ka.re.wa.ju.n.su.i.su.gi.ru、
tsu.ma.ri.se.ke.n.shi.ra.zu.na.o.bo.c.cha.n.na.no.da。

他單純過頭了，
是不知世事的公子哥。

來對話吧！

犯人(はんにん)はこのワイングラスに近(ちか)づいた人間(にんげん)だ。
ha.n.ni.n.wa.ko.no.wa.i.n.gu.ra.su.ni.chi.ka.zu.i.ta.ni.n.ge.n.da。
犯人是接近過這個紅酒杯的人。

つまりこの部屋(へや)にいた全員(ぜんいん)が
容疑者(ようぎしゃ)ということですか？
tsu.ma.ri.ko.no.he.ya.ni.i.ta.ze.n.i.n.ga
yo.o.gi.sha.to.i.u.ko.to.de.su.ka?
也就是說這個房間裡所有的人都是嫌疑犯？

言わば

i.wa.ba

正式

換言之、換句話說…

027
MP3

1

彼は言わば２１世紀のエジソンだ。

ka.re.wa.i.wa.ba.ni.ju.u.i.s.se.i.ki.no.e.ji.so.n.da。

他根本就是 21 世紀的愛迪生。

2

タマ駅長は経営危機のローカル線を救った、
言わば救世主です。

ta.ma.e.ki.cho.o.wa.ke.i.e.i.ki.ki.no.ro.o.ka.ru.se.n.o.su.ku.t.ta、
i.wa.ba.kyu.u.se.i.shu.de.su。

小玉站長拯救了火車地方線道的經營危機，
牠根本就是鐵道的救世主。

③

近松門左衛門は
言わば日本のシェークスピアです。

chi.ka.ma.tsu.mo.n.za.e.mo.n.wa
i.wa.ba.ni.ho.n.no.she.e.ku.su.pi.a.de.su。

近松門左衛門真可說是日本的莎士比亞。

④

これは使いやすさ、安全性、環境性を併せ持つ、
言わば優しさ重視のおもちゃです。

ko.re.wa.tsu.ka.i.ya.su.sa、a.n.ze.n.se.i、ka.n.kyo.o.se.i.o.a.wa.se.mo.tsu、
i.wa.ba.ya.sa.shi.sa.ju.u.shi.no.o.mo.cha.de.su。

它集結了使用便利性、安全性、環保的特點，
可說是個貼心的玩具。

注意！

言わば有某一層面、特意比喻的話的意思。

必(かなら)ず

ka.na.ra.zu

正式  日常

一定…

028 MP3 

1

彼(かれ)なら必(かなら)ず責任(せきにん)を果(は)たしてくれるはずです。

ka.re.na.ra.ka.na.ra.zu.se.ki.ni.n.o ha.ta.shi.te.ku.re.ru.ha.zu.de.su。

他一定能擔負起這項重責大任的。

2

ご使用前(しようまえ)に必(かなら)ずお読(よ)みください。

go.shi.yo.o.ma.e.ni.ka.na.ra.zu.o.yo.mi.ku. da.sa.i。

使用前請務必閱讀。

3

約束(やくそく)は必(かなら)ず守(まも)ります。

ya.ku.so.ku.wa.ka.na.ra.zu.ma.mo.ri.ma.su。

我一定會信守承諾的。

4

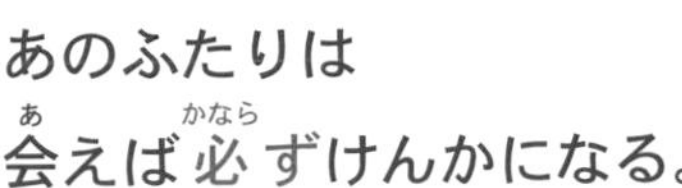

あのふたりは
会(あ)えば必(かなら)ずけんかになる。

a.no.fu.ta.ri.wa
a.e.ba.ka.na.ra.zu.ke.n.ka.ni.na.ru。

那兩個人見面就一定會吵架。

いつか必(かなら)ずここに戻(もど)ってきます。

i.tsu.ka.ka.na.ra.zu.ko.ko.ni.mo.do.t.te.ki.ma.su。

我一定會回來的！

5

ほぼ

ho.bo

大致上

029 MP3

1

建物はほぼ完成して、あとは内装だけです。

ta.te.mo.no.wa.ho.bo.ka.n.se.i.shi.te、a.to.wa.na.i.so.o.da.ke.de.su。

建築物大致完工，只剩下內部裝潢。

2

このあたりに遺跡が眠っていることはほぼ間違いない。

ko.no.a.ta.ri.ni.i.se.ki.ga.ne.mu.t.te.i.ru.ko.to.wa.ho.bo.ma.chi.ga.i.na.i。

這附近一定埋有古代遺跡。

3

私(わたし)はほぼ毎日(まいにち)ブログを更新(こうしん)している。

wa.ta.shi.wa.ho.bo.ma.i.ni.chi.bu.ro.gu.o ko.o.shi.n.shi.te.i.ru。

我大致上每天都會更新部落格。

4

昨日(きのう)図書館(としょかん)で借(か)りてきた本(ほん)をほぼ読(よ)み終(お)えた。

ki.no.o.to.sho.ka.n.de.ka.ri.te.ki.ta.ho.n.o.ho.bo.yo.mi.o.e.ta。

昨天在圖書館借的書大致上快看完了。

5

彼女(かのじょ)の英語(えいご)はほぼ完璧(かんぺき)です。

ka.no.jo.no.e.i.go.wa.ho.bo.ka.n.pe.ki.de.su。

她的英語大致上已經無懈可擊。

ho.to.n.do

日常

幾乎…

コンシーラーを使(つか)えば、
しみはほとんど目立(めだ)たなくなります。

ko.n.shi.i.ra.a.o.tsu.ka.e.ba、
shi.mi.wa.ho.to.n.do.me.da.ta.na.ku.na.ri.ma.su。

使用遮瑕膏的話，
可以讓斑幾乎看不見喔。

2

まだ４月(しがつ)なのにほとんど夏(なつ)のような暑(あつ)さだ。

ma.da.shi.ga.tsu.na.no.ni.ho.to.n.do.na.tsu.no.yo.o.na.a.tsu.sa.da。

才 4 月而已，就幾乎像夏天一樣熱了。

3

昨夜（さくや）はほとんど眠（ねむ）れなかった。

sa.ku.ya.wa.ho.to.n.do.ne.mu.re.na.ka.t.ta。

昨天晚上幾乎沒睡。

4

そんな昔（むかし）のこと、
もうほとんど覚（おぼ）えていないよ。

so.n.na.mu.ka.shi.no.ko.to、
mo.o.ho.to.n.do.o.bo.e.te.i.na.i.yo。

那麼久之前的事，我幾乎不記得了。

5

ほとんど成功（せいこう）するかに思（おも）えたが、最後（さいご）の最後（さいご）に失敗（しっぱい）した。

ho.to.n.do.se.i.ko.o.su.ru.ka.ni.o.mo.e.ta.ga、sa.i.go.no.sa.i.go.ni.shi.p.pa.i.shi.ta。

幾乎就要成功了，但在最後的最後那一刻竟然失敗了。

たいがい 大概

ta.i.ga.i

正式　日常

大部分、多半…

031 MP3

1

あの店には大概なんでも揃っています。

a.no.mi.se.ni.wa.ta.i.ga.i.na.n.de.mo.so.ro.t.te.i.ma.su。

那家店幾乎什麼都賣。

2

日本人女性は結婚すると
大概男性の姓を名乗ります。

ni.ho.n.ji.n.jo.se.i.wa.ke.k.ko.n.su.ru.to.
ta.i.ga.i.da.n.se.i.no.se.i.o.na.no.ri.ma.su。

日本女性結婚後大部份都會冠夫姓。

3

旅先(たびさき)で困(こま)っていると、大概(たいがい)誰(だれ)かが助(たす)けてくれた。

ta.bi.sa.ki.de.ko.ma.t.te.i.ru.to、ta.i.ga.i.da.re.ka.ga.ta.su.ke.te.ku.re.ta。

旅途中遇到困難時

多半都有受到路人熱心的幫忙。

夕方(ゆうがた) 6 時(ろくじ)以降(いこう)なら大概(たいがい)家(うち)にいます。

yu.u.ga.ta.ro.ku.ji.i.ko.o.na.ra.ta.i.ga.i.u.chi.ni.i.ma.su。

黃昏 6 點以後，我多半都在家。

大概(たいがい)也有「到某種程度就該停止」的意思。用在警告或斥責對方的時候。

- **もう大概(たいがい)にしなさい！**
  mo.o.ta.i.ga.i.ni.shi.na.sa.i!
  你差不多一點唷！
- **冗談(じょうだん)も大概(たいがい)にして。**
  jo.o.da.n.mo.ta.i.ga.i.ni.shi.te。
  開完笑也要有限度。

大体（だいたい）

da.i.ta.i

正式　日常

大概、大體上、大致、差不多…

032 MP3 

1

日本語（にほんご）は大体（だいたい）わかります。

ni.ho.n.go.wa.da.i.ta.i.wa.ka.ri.ma.su。

我的日語大致上沒問題。

2

東京（とうきょう）の観光（かんこう）スポットは大体（だいたい）行（い）きました。

to.o.kyo.o.no.ka.n.ko.o.su.po.t.to.wa da.i.ta.i.i.ki.ma.shi.ta。

東京的觀光景點差不多都去過了。

3

そちらには大体（だいたい）3時（さんじ）くらいに着（つ）くと思（おも）います。

so.chi.ra.ni.wa.da.i.ta.i.sa.n.ji.ku.ra.i.ni. tsu.ku.to.o.mo.i.ma.su。

我想大概3點會到你那裡。

④

1 日大体 100 個くらい売れます。

i.chi.ni.chi.da.i.ta.i.hya.k.ko.ku.ra.i.u.re.ma.su。

1 天差不多可以賣 100 個。

⑤

準備は大体できたよ。

ju.n.bi.wa.da.i.ta.i.de.ki.ta.yo。

準備大致完成。

概ね(おおむ)ね

o.o.mu.ne

正式

大致上…

033 MP3 

1

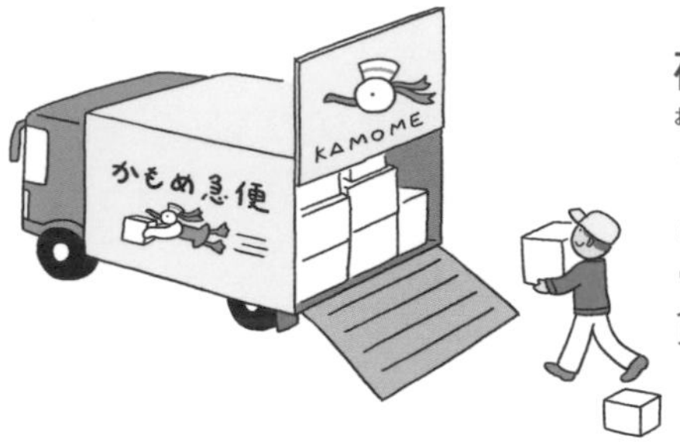

荷物(にもつ)は

概(おおむ)ねトラックに積(つ)み込(こ)まれた。

ni.mo.tsu.wa

o.o.mu.ne.to.ra.k.ku.ni.tsu.mi.ko.ma.re.ta。

貨物大致上都裝進卡車裡了。

2

事情(じじょう)は概(おおむ)ねわかりました。

ji.jo.o.wa.o.o.mu.ne.wa.ka.ri.ma.shi.ta。

情況我大致了解了。

3

手術(しゅじゅつ)の経過(けいか)は概(おおむ)ね良好(りょうこう)です。

shu.ju.tsu.no.ke.i.ka.wa.o.o.mu.ne.ryo.
o.ko.o.de.su。

手術的過程大致良好。

明日(あした)の日本列島(にほんれっとう)は、概(おおむ)ね晴(は)れでしょう。

a.shi.ta.no.ni.ho.n.re.t.to.o.wa、o.o.mu.ne.ha.re.de.sho.o。

日本全島明天大致上都是晴天。

5

午前中(ごぜんちゅう)に発生(はっせい)したシステム障害(しょうがい)は、
午後(ごご)2時頃(にじごろ)には概(おおむ)ね復旧(ふっきゅう)しました。

go.ze.n.chu.u.ni.ha.s.se.i.shi.ta.shi.su.te.mu.sho.o.ga.i.wa、
go.go.ni.ji.go.ro.ni.wa.o.o.mu.ne.fu.k.kyu.u.shi.ma.shi.ta。

上午發生的系統故障，在下午 2 點左右大致上修復了。

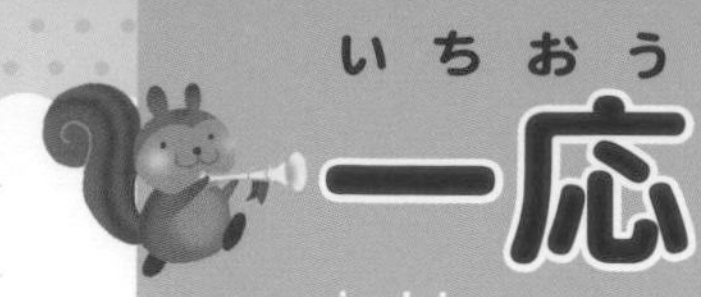

一応

いちおう

i.chi.o.o

正式　日常

暫且、姑且、目前先…

034 MP3

1

一応書類全部に目を通しました。（いちおうしょるいぜんぶ・め・とお）

i.chi.o.o.sho.ru.i.ze.n.bu.ni.me.o to.o.shi.ma.shi.ta。

文件全部都先看過一次了。

2

一応話は伺っておきましょう。（いちおうはなし・うかが）

i.chi.o.o.ha.na.shi.wa.u.ka.ga.t.te.o.ki. ma.sho.o。

姑且先聽你說說看好了。

3

たぶん無理だと思うけど、一応頼んでみよう。（むり・おも・いちおうたの）

ta.bu.n.mu.ri.da.to.o.mo.u.ke.do、i.chi.o.o.ta.no.n.de.mi.yo.o。

雖然大概不行但

姑且還是先拜託看看好了。

④ 大丈夫です。私はこれでも一応プロのカメラマンですから。

da.i.jo.o.bu.de.su。
wa.ta.shi.wa.ko.re.de.mo.i.chi.o.o.pu.ro.no.ka.me.ra.ma.n.de.su.ka.ra。

沒問題。再怎麼說我以前也是個攝影師呢！

① 一応有「姑且先…」的意思。

- 一応話は伺っておきましょう。
  i.chi.o.o.ha.na.shi.wa.u.ka.ga.t.te.o.ki.ma.sho.o。
  姑且先聽聽看他的意見如何。

② 一応也有曾經、一度的意思。

「これでも一応」（用在自己時）、「あれでも一応」（用在別人時），都是固定的慣用表現，表示自己（或他人）也曾經是…。

- これでも一応昔はアイドルだったのよ。
  ko.re.de.mo.i.chi.o.o.mu.ka.shi.wa.a.i.do.ru.da.t.ta.no.yo。
  我再怎麼說以前也是個偶像呢！
- 彼はあれでも一応東大を出ている。
  ka.re.wa.a.re.de.mo.i.chi.o.o.to.o.da.i.o.de.te.i.ru。
  他再怎麼說也是東大畢業的。

肯定副詞篇

・ほぼ：大致　・概ね（おおむ）：一定　・大概（たいがい）：大概

不曉得大家有沒有發現，在電視新聞上聽到的日語副詞並不見得適用於日常生活中。相反的，平常使用到的日語副詞，在正式場合也會不夠得體。在下面為大家介紹的是肯定篇中提到，皆表示「大概」的日語副詞使用差異。

	副詞	使用場合	描述對象	使用範例
1	ほぼ ho.bo 大致	正式	新聞、文章	・最近關東地區氣候大致良好。
2	概ね（おおむ） o.o.mu.ne 大致	正式	即將發生的好事	・大概快… ・大概快完成。 ・大概快抵達。
3	大概（たいがい） ta.i.ga.i 大概	日常	習慣	・平常大概十點睡覺。 ・大部分晚餐後會帶狗狗去散步。

1

ほぼ

ho.bo

大致

主要用於新聞播報、書面文章，
日常對話並不常用

山手線内回りは
8時15分頃発生した信号故障により、
一時運転を見合わせておりましたが、
現在はほぼ平常通りに運行を
再開しております。

ya.ma.no.te.se.n.u.chi.ma.wa.ri.wa
ha.chi.ji.ju.u.go.fu.n.go.ro.ha.s.se.i.shi.ta.shi.n.go.o.ko.sho.o.ni.yo.ri、
i.chi.ji.u.n.te.n.o.mi.a.wa.se.te.o.ri.ma.shi.ta.ga、
ge.n.za.i.wa.ho.bo.he.i.jo.o.to.o.ri.ni.u.n.ko.o.o
sa.i.ka.i.shi.te.o.ri.ma.su。

山手線內圈環狀線
在8點15分左右發生信號故障事故
導致列車一度暫停運行，
現在已經大致恢復正常再度發車。

2

おおむ
概ね
o.o.mu.ne
大致

較常用在
預期有好事發生的情況。

いえ　おおむ　かんせい
家は概ね完成した。

i.e.wa.o.o.mu.ne.ka.n.se.i.shi.ta。

新家已經大致落成了。

れんきゅうちゅう　おおむ　てんき　めぐ
連休中は概ねお天気に恵まれるでしょう。

re.n.kyu.u.chu.u.wa.o.o.mu.ne.o.te.n.ki.ni.me.gu.ma.re.ru.de.sho.o。

連續假日大概都會是晴天吧！

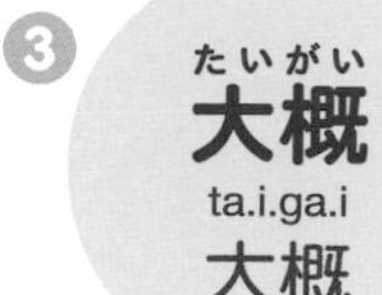

❸ たいがい 大概 ta.i.ga.i 大概

較常用在表示習慣的場合。

日曜日(にちようび)は
大概(たいがい)家(いえ)でごろごろしています。

ni.chi.yo.o.bi.wa
ta.i.ga.i.i.e.de.go.ro.go.ro.shi.te.i.ma.su。

星期天我大概都在家裡悠閒度過。

傲慢(ごうまん)な人(ひと)は大概(たいがい)孤独(こどく)な老後(ろうご)を送(おく)ることになる。

go.o.ma.n.na.hi.to.wa.ta.i.ga.i.ko.do.ku.na.ro.o.go.o.o.ku.ru.ko.to.ni.na.ru。

高傲的人大部分都會變成孤單老人。

ぜったい

絶対

ze.t.ta.i

正式

日常

絶對（不）…

035 MP3

1

このことは
ぜったいだれ　い
絶対誰にも言わないでね！

ko.no.ko.to.wa
ze.t.ta.i.da.re.ni.mo.i.wa.na.i.de.ne!

這件事絕對不能告訴別人喔！

2

こんど やくそく
今度約束を
やぶ　ぜったいゆる
破ったら絶対許さないからね！

ko.n.do.ya.ku.so.ku.o
ya.bu.t.ta.ra.ze.t.ta.i.yu.ru.sa.na.i.ka.ra.ne!

下次再不守約定，我絕不原諒你！

3

あぶ
危ないから
ぜったいさわ
絶対触らないでください！

a.bu.na.i.ka.ra.
ze.t.ta.i.sa.wa.ra.na.i.de.ku.da.sa.i!

危險！千萬不要碰！

4

一度聴いたら絶対に
忘れられないメロディー。

i.chi.do.ki.i.ta.ra.ze.t.ta.i.ni
wa.su.re.ra.re.na.i.me.ro.di.i。

只要聽過一次就絕對不會忘記的旋律。

來對話吧！

今度おまえがアルバイトしている店に行ってみようかな。

ko.n.do.o.ma.e.ga.a.ru.ba.i.to.shi.te.i.ru.mi.se.ni
i.t.te.mi.yo.o.ka.na。

下次去妳打工的店看看好了！

絶対だめ！恥ずかしいから絶対来ないで！

ze.t.ta.i.da.me! ha.zu.ka.shi.i.ka.ra.ze.t.ta.i.ko.na.i.de!

絕對不可以！很丟臉，千萬不要來！

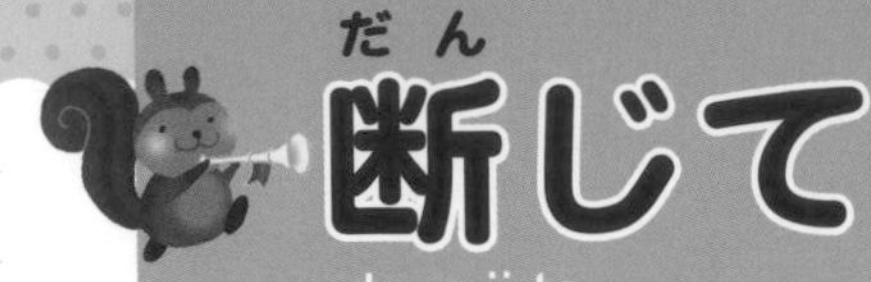

断じて

da.n.ji.te

正式

絶（不）…

036 MP3

1

私は断じてあきらめません。

wa.ta.shi.wa.da.n.ji.te.a.ki.ra.me.ma.se.n。

我絕不放棄。

2

私は断じて不正を許さない！

wa.ta.shi.wa.da.n.ji.te.fu.se.i.o.yu.ru.sa.na.i!

我絕不允許非法的行為！

3

結局私たちは水と油、
断じてわかりあえないのだ。

ke.k.kyo.ku.wa.ta.shi.ta.chi.wa.mi.zu.to.a.bu.ra、
da.n.ji.te.wa.ka.ri.a.e.na.i.no.da。

結果我們水火不容，絕不彼此妥協。

4

要求を認めてもらえるまで、
我々は断じてここを動きません！

yo.o.kyu.u.o.mi.to.me.te.mo.ra.e.ru.ma.de、
wa.re.wa.re.wa.da.n.ji.te.ko.ko.o.u.go.ki.ma.se.n!

在我們的訴求受到重視之前，
我們絕不離開！

來對話吧！

あなたは会社のお金を着服しましたね！
a.na.ta.wa.ka.i.sha.no.o.ka.ne.o.cha.ku.fu.ku.shi.ma.shi.ta.ne!
妳盜用了公司的錢了吧！

そんなことは断じてありえません！
so.n.na.ko.to.wa.da.n.ji.te.a.ri.e.ma.se.n!
絕不可能有這種事！

決(けっ)して

ke.s.shi.te

正式

絕對（不）…

1

決(けっ)して中(なか)を見(み)てはいけません。

ke.s.shi.te.na.ka.o.mi.te.wa.i.ke.ma.se.n。

絕對不可以偷看裡面的東西。

2

ここなら決(けっ)して見(み)つからないだろう。

ko.ko.na.ra.ke.s.shi.te.mi.tsu.ka.ra.na.i.da.ro.o。

放在這裡絕對不會被發現吧？!

3

決(けっ)してあなたに
ご迷惑(めいわく)はお掛(か)けしません。

ke.s.shi.te.a.na.ta.ni
go.me.i.wa.ku.wa.o.ka.ke.shi.ma.se.n。

絕對不會給您添麻煩的。

4

もう決(けっ)してこんなことはしませんから、許(ゆる)してください。

mo.o.ke.s.shi.te.ko.n.na.ko.to.wa.shi.ma.se.n.ka.ra、yu.ru.shi.te.ku.da.sa.i。

我絕對不會再犯，請原諒我。

5

決(けっ)して諦(あきら)めないで、最後(さいご)までやり遂(と)げよう！

ke.s.shi.te.a.ki.ra.me.na.i.de、sa.i.go.ma.de.ya.ri.to.ge.yo.o!

絕不放棄，堅持到底完成它吧！

到底（とうてい）

to.o.te.i

正式  日常

無論如何也（不）…、怎麼也（不）…

038 MP3

1

今から行っても到底間に合わない。

i.ma.ka.ra.i.t.te.mo.to.o.te.i.ma.ni.a.wa.na.i。

就算現在趕去無論如何也已經來不及了。

2

こんな高価な物、

私には到底買えません。

ko.n.na.ko.o.ka.na.mo.no、
wa.ta.shi.ni.wa.to.o.te.i.ka.e.ma.se.n。

這種昂貴的奢侈品，
我無論如何也買不起。

3

あなたのような美人には、

到底私の気持ちなんかわからない。

a.na.ta.no.yo.o.na.bi.ji.n.ni.wa、
to.o.te.i.wa.ta.shi.no.ki.mo.chi.na.n.ka.wa.ka.ra.na.i。

像妳這樣的美女，
是無論如何也不會了解我心情的。

怒った消費者は問題企業のいい加減な説明に到底納得しなかった。

o.ko.t.ta.sho.o.hi.sha.wa.mo.n.da.i.ki.gyo.o.no.
i.i.ka.ge.n.na.se.tsu.me.i.ni
to.o.te.i.na.t.to.ku.shi.na.ka.t.ta。

憤怒的消費者怎樣也無法接受

不肖廠商的敷衍說明。

5

海に落とした指輪なんて到底見つからないよ。

u.mi.ni.o.to.shi.ta.yu.bi.wa.na.n.te.to.o.te.i.mi.tsu.ka.ra.na.i.yo。

戒指這種東西掉進海裡怎樣都找不到的啦！

ぜんぜん
全然

ze.n.ze.n

正式

日常

完全不…

039 MP3

1

う～ん、全然(ぜんぜん)わかりません。

u~n、ze.n.ze.n.wa.ka.ri.ma.se.n。

嗯，完全搞不懂。

2

彼(かれ)の言(い)うことは全然(ぜんぜん)あてになりません。

ka.re.no.i.u.ko.to.wa.ze.n.ze.n.a.te.ni.na.ri.ma.se.n。

他說的話完全不可靠。

3

今日(きょう)は全然(ぜんぜん)調子(ちょうし)が出(で)なかった。

kyo.o.wa.ze.n.ze.n.cho.o.shi.ga.de.na.ka.t.ta。

今天完全沒有發揮平常的實力。

4

これじゃ全然足りないよ。

ko.re.ja.ze.n.ze.n.ta.ri.na.i.yo。

這些根本完全不夠嘛！

來對話吧！

その服、全然あなたに似合ってない。

so.no.fu.ku、ze.n.ze.n.a.na.ta.ni.ni.a.t.te.na.i。

這件衣服完全不適合妳。

そんなにはっきり言わなくても…。

so.n.na.ni.ha.k.ki.ri.i.wa.na.ku.te.mo…。

也不用說得那麼直接吧…。

su.ko.shi.mo

正式　日常

1

きみは昔（むかし）から少（すこ）しも変（か）わってないね。

ki.mi.wa.mu.ka.shi.ka.ra.su.ko.shi.mo.ka.wa.t.te.na.i.ne。

妳跟以前比起來一點都沒變呢！

2

昨日（きのう）から少（すこ）しも熱（ねつ）が下（さ）がらない。

ki.no.o.ka.ra.su.ko.shi.mo.ne.tsu.ga.sa.ga.ra.na.i。

從昨天開始，燒就完全沒退。

3

どうしたの？
少（すこ）しも食（た）べていないじゃない。

do.o.shi.ta.no?
su.ko.shi.mo.ta.be.te.i.na.i.ja.na.i。

怎麼了？完全沒吃嘛！

4

おかあさんは私(わたし)の気持(きも)ちなんて少(すこ)しもわかってくれない。

o.ka.a.sa.n.wa.wa.ta.shi.no.ki.mo.chi.na.n.te.
su.ko.shi.mo.wa.ka.t.te.ku.re.na.i。

媽媽一點也不了解我的心情。

5

彼(かれ)は少(すこ)しも反省(はんせい)していません。

ka.re.wa.su.ko.shi.mo.ha.n.se.i.shi.te.i.ma.se.n。

他絲毫不認為自己有錯。

ひとつも

hi.to.tsu.mo

正式　日常

完全沒有…

041 MP3

1

どんな体験にも無駄なものは
ひとつもありません。

do.n.na.ta.i.ke.n.ni.mo.mu.da.na.mo.no.wa
hi.to.tsu.mo.a.ri.ma.se.n。

不管什麼經驗都完全沒有白費的喔！

2

今日は私の誕生日なのに、
いいことなんかひとつもなかった。

kyo.o.wa.wa.ta.shi.no.ta.n.jo.o.bi.na.no.ni、
i.i.ko.to.na.n.ka.hi.to.tsu.mo.na.ka.t.ta。

今天明明是我的生日卻全沒一件好事。

3

私にはひとつも特技と
呼べるようなものがありません。

wa.ta.shi.ni.wa.hi.to.tsu.mo.to.ku.gi.to.
yo.be.ru.yo.o.na.mo.no.ga.a.ri.ma.se.n。

我完全沒有任何過人之處。

私は信号がひとつもない小さな島で生まれ育ちました。

wa.ta.shi.wa.shi.n.go.o.ga.hi.to.tsu.mo.na.i.chi.i.sa.na.shi.ma.de.u.ma.re.so.da.chi.ma.shi.ta。

我在一個連紅綠燈都沒有的小島上長大。

今時の若者はひとつもマナーを知らない。

i.ma.do.ki.no.wa.ka.mo.no.wa.hi.to.tsu.mo.ma.na.a.o.shi.ra.na.i。

現在的年輕人沒有一個懂禮貌。

何ら（なん）

na.n.ra

正式

完全沒有…

042 MP3

1

彼女（かのじょ）の様子（ようす）には
何（なん）ら変（か）わったところはなかった。

ka.no.jo.no.yo.o.su.u.ni.wa
na.n.ra.ka.wa.t.ta.to.ko.ro.wa.na.ka.t.ta。

她之前看起來沒有任何異狀。

2

話（はな）し合（あ）いには何（なん）ら進展（しんてん）がなかった。

ha.na.shi.a.i.ni.wa.na.n.ra.shi.n.te.n.ga.na.ka.t.ta。

溝通協商完全沒有進展。

3

これまでのところ何(なん)ら異常(いじょう)は
ありません。

ko.re.ma.de.no.to.ko.ro.na.n.ra.i.jo.o.wa
a.ri.ma.se.n。

目前沒有任何異常。

私(わたし)には何(なん)らやましいところは
ありません。

wa.ta.shi.ni.wa.na.n.ra.ya.ma.shi.i.to.ko.ro.wa
a.ri.ma.se.n。

我才沒有什麼可疑的地方咧！

ご安心(あんしん)ください。
何(なん)ら心配(しんぱい)するようなところは
ありませんよ。

go.a.n.shi.n.ku.da.sa.i。
na.n.ra.shi.n.pa.i.su.ru.yo.o.na.to.ko.ro.wa
a.ri.ma.se.n.yo。

請放心。完全沒什麼好擔心的喔！

一切（いっさい）

i.s.sa.i

正式　日常

完全（沒有）…

043 MP3

1

飛行中（ひこうちゅう）は携帯電話機（けいたいでんわき）など電波（でんぱ）を発（はっ）する器具（きぐ）は一切電源（いっさいでんげん）をお切（き）りください。

hi.ko.o.chu.u.wa.ke.i.ta.i.de.n.wa.ki.na.do.de.n.pa.o.ha.s.su.ru.ki.gu.wa i.s.sa.i.de.n.ge.n.o.o.ki.ri.ku.da.sa.i。

飛行中，會發出電磁波的行動電話等產品請一律關機。

2

我（わ）が社（しゃ）は産地偽装（さんちぎそう）など一切（いっさい）していません。

wa.ga.sha.wa.sa.n.chi.gi.so.o.na.do.i.s.sa.i.shi.te.i.ma.se.n。

我們公司完全沒有牽涉產地偽造的行為。

3

賄賂を受け取った記憶は一切ございません。

wa.i.ro.o.u.ke.to.t.ta.ki.o.ku.wa
i.s.sa.i.go.za.i.ma.se.n。

我完全不知道有收受賄賂這件事。

4

私は彼らとは一切関係ありません。

wa.ta.shi.wa.ka.re.ra.to.wa.i.s.sa.i.
ka.n.ke.i.a.ri.ma.se.n。

我跟他們一點關係都沒有。

5

今後うちの娘には一切近づくな！

ko.n.go.u.chi.no.mu.su.me.ni.wa
i.s.sa.i.chi.ka.zu.ku.na!

今後一律不准你接近我女兒！

いっこう
一向に

i.k.ko.o.ni

正式

毫不、完全沒有…

044 MP3

1

風邪(かぜ)が一向(いっこう)に治(なお)らない。

ka.ze.ga.i.k.ko.o.ni.na.o.ra.na.i。

我的感冒完全沒有好轉。

2

テレビを付(つ)けていると
一向(いっこう)に勉強(べんきょう)がはかどらない。

te.re.bi.o.tsu.ke.te.i.ru.to.
i.k.ko.o.ni.be.n.kyo.o.ga.ha.ka.do.ra.na.i。

只要一開電視就完全無法好好讀書。

3

娘(むすめ)が一向(いっこう)に言(い)うことを
聞(き)かなくて困(こま)っています。

mu.su.me.ga.i.k.ko.o.ni.i.u.ko.to.o
ki.ka.na.ku.te.ko.ma.t.te.i.ma.su。

我女兒一點也不聽話，真傷腦筋。

4

お互い言いたいことを言っているだけでは一向に埒があかない。

o.ta.ga.i.i.i.ta.i.ko.to.o.i.t.te.i.ru.da.ke.de.wa
i.k.ko.o.ni.ra.chi.ga.a.ka.na.i。

只是互相各執一詞的話，
是完全不會有結論的。

來對話吧！

今度の水曜日の約束なんですが、金曜日に変えていただいてもいいですか？

ko.n.do.no.su.i.yo.o.bi.no.ya.ku.so.ku.na.n.de.su.ga、
ki.n.yo.o.bi.ni.ka.e.te.i.ta.da.i.te.mo.i.i.de.su.ka?

這星期三的約，可以改成星期五嗎？

ええ、私は一向に構いませんよ。

e.e、wa.ta.shi.wa.i.k.ko.o.ni.ka.ma.i.ma.se.n.yo。

可以啊，我完全沒問題。

ちっとも

chi.t.to.mo

日常

完全不…

045 MP3

1

え っ!?奈美(なみ)なの？

あんまりきれいになったから、

ちっともわからなかった！

e!? na.mi.na.no?
a.n.ma.ri.ki.re.i.ni.na.t.ta.ka.ra、
chi.t.to.mo.wa.ka.ra.na.ka.t.ta!

咦！？是奈美嗎？變得太漂亮了，

我完全認不出來！

2

見(み)え透(す)いたお世辞(せじ)を言(い)われても、

ちっともうれしくない。

mi.e.su.i.ta.o.se.ji.o.i.wa.re.te.mo、
chi.t.to.mo.u.re.shi.ku.na.i。

那種一聽就知道是客套話的讚美，

我一點也不感到開心。

3

あなたにどんな過去があろうとも、
ぼくの愛はちっとも変わりません。

a.na.ta.ni.do.n.na.ka.ko.ga.a.ro.o.to.mo、
bo.ku.no.a.i.wa.chi.t.to.mo.ka.wa.ri.ma.se.n。

不管妳有什麼過去，
我的愛一點也不會改變。

4

うちの旦那は私が美容院で髪を
切って帰っても
ちっとも気付いてくれないのよ。

u.chi.no.da.n.na.wa.wa.ta.shi.ga.bi.yo.o
i.n.de.ka.mi.o.ki.t.te.ka.e.t.te.mo.
chi.t.to.mo.ki.zu.i.te.ku.re.na.i.no.yo。

我老公啊！連我去美容院剪了頭髮
他也完全不會注意到呢！

5

本当!?そんなことちっとも
知らなかった！

ho.n.to.o!? so.n.na.ko.to.chi.t.to.mo.
shi.ra.na.ka.t.ta!

真的嗎!？我完全不知道！

さっぱり

sa.p.pa.ri

正式　日常

完全（不）…

046 MP3

①

何(なに)を言(い)っているのかさっぱりわからない。

na.ni.o.i.t.te.i.ru.no.ka.sa.p.pa.ri.wa.ka.ra.na.i。

你在說什麼我完全聽不懂。

②

高校(こうこう)に入(はい)るとさっぱり授業(じゅぎょう)についで行(い)けなくなった。

ko.o.ko.o.ni.ha.i.ru.to.sa.p.pa.ri.ju.gyo.o.ni.
tsu.i.te.i.ke.na.ku.na.t.ta。

上高中後就完全無法跟上課程進度了。

3

今日は
風邪気味でさっぱり調子がでない。

kyo.o.wa
ka.ze.gi.mi.de.sa.p.pa.ri.cho.o.shi.ga.de.na.i。

今天因為感冒的緣故完全無法
達到往日的水準。

4

さっぱり流行らない店。

sa.p.pa.ri.ha.ya.ra.na.i.mi.se。

完全不受歡迎乏人問津的店。

注意！

さっぱり若後接否定的字句，則為「完全不～」的意思，但若沒有接否定字句時，則是乾淨整齊、清爽、心情爽快的意思。

- さっぱりした身なり
  sa.p.pa.ri.shi.ta.mi.na.ri
  清爽的打扮
- さっぱりした性格
  sa.p.pa.ri.shi.ta.se.i.ka.ku
  爽朗的個性
- 思い切り泣いてさっぱりした。
  o.mo.i.ki.ri.na.i.te.sa.p.pa.ri.shi.ta。
  大哭一場痛快多了
- されいさっぱり忘れよう！
  ki.re.i.sa.p.pa.ri.wa.su.re.yo.o!
  爽快得忘了吧！

てんで

te.n.de

日常

根本、完全（不）…

047
MP3

1

この道具(どうぐ)はてんで役(やく)に立(た)たない！

ko.no.do.o.gu.wa.te.n.de.ya.ku.ni.ta.ta.na.i!

這個工具根本沒用！

2

私(わたし)、料理(りょうり)は
てんでだめなんです。

wa.ta.shi、ryo.o.ri.wa
te.n.de.da.me.na.n.de.su。

我完全不會做菜。

3

彼(かれ)はてんで使(つか)えない人(ひと)だ。

ka.re.wa.te.n.de.tsu.ka.e.na.i.hi.to.da。

他完全幫不上忙。

④

<ruby>何<rt>なに</rt></ruby>が<ruby>起<rt>お</rt></ruby>こったのか、

てんでわけがわからなかった。

na.ni.ga.o.ko.t.ta.no.ka、
te.n.de.wa.ke.ga.wa.ka.ra.na.ka.t.ta。

我完全不知道發生了什麼事。

⑤

これくらいの<ruby>暑<rt>あつ</rt></ruby>さならてんで<ruby>気<rt>き</rt></ruby>にならない。

ko.re.ku.ra.i.no.a.tsu.sa.na.ra.te.n.de.ki.ni.na.ra.na.i。

這種溫度對我來說根本不算什麼。

まさか

ma.sa.ka

正式

日常

竟然…、該不會…、怎麼會…

048 MP3

1

まさかこのぼろぼろのホテルが今日(きょう)泊(と)まるホテル？

ma.sa.ka.ko.no.bo.ro.bo.ro.no.ho.te.ru.ga kyo.o.to.ma.ru.ho.te.ru?

這棟破破爛爛的建築該不會就是今天要住的飯店吧？

2

まさかこんなに親切(しんせつ)にしてもらえるなんて思(おも)ってもみませんでした。

ma.sa.ka.ko.n.na.ni.shi.n.se.tsu.ni shi.te.mo.ra.e.ru.na.n.te.o.mo.t.te.mo. mi.ma.se.n.de.shi.ta。

沒想到竟然受到這麼親切的招待。

3

まさかこんなことになるなんて。

ma.sa.ka.ko.n.na.ko.to.ni.na.ru.na.n.te。

怎麼會變成這樣。

4

今日はまさか雨は降らないでしょう。

kyo.o.wa.ma.sa.ka.a.me.wa.fu.ra.na.i.de.sho.o。

今天應該不會下雨吧？！

5

まさか彼女と彼が結婚するなんて、
誰も予想できなかった！

ma.sa.ka.ka.no.jo.to.ka.re.ga.ke.k.ko.n.su.ru.na.n.te、
da.re.mo.yo.so.o.de.ki.na.ka.t.ta！

不會吧！他們真的要結婚，
真是跌破大家的眼鏡。

とても

to.te.mo

正式

日常

無論如何也（不）…

049
MP3

1

彼(かれ)はとても10歳(じゅっさい)の子(こ)どもとは
思(おも)えないしっかりした受(う)け答(こた)えをした。

ka.re.wa.to.te.mo.ju.s.sa.i.no.ko.do.mo.to.wa
o.mo.e.na.i.shi.k.ka.ri.shi.ta.u.ke.ko.ta.e.o.shi.ta。

他應對得體，
我怎樣也不覺得他年僅 10 歲。

2

すごい！これは
とても素人(しろうと)の作品(さくひん)とは
思(おも)えませんよ。

su.go.i! ko.re.wa
to.te.mo.shi.ro.o.to.no.sa.ku.hi.n.to.wa
o.mo.e.ma.se.n.yo。

太厲害了！
這個怎麼也不像新手的作品！

3

私(わたし)にはとてもそんな大役(たいやく)は務(つと)まりません。

wa.ta.shi.ni.wa.to.te.mo.so.n.na.ta.i.ya.ku.wa.tsu.to.ma.ri.ma.se.n。

我怎樣也無法擔任那麼重要的職務。

私(わたし)の叔母(おば)はとても六十(ろくじゅう)過(す)ぎには見(み)えない若作(わかづく)りだ。

wa.ta.shi.no.o.ba.wa.to.te.mo.ro.ku.ju.u.su.gi.ni.wa.mi.e.na.i.wa.ka.zu.ku.ri.da。

我嬸嬸怎麼也看不出來已年過六十，打扮相當入時。

5

私(わたし)なんかにはとてもできません！

wa.ta.shi.na.n.ka.ni.wa to.te.mo.de.ki.ma.se.n！

我完全不行啦！

どだい

do.da.i

日常

完全不…、根本就…

1

こんな寒(さむ)い日(ひ)に泳(およ)ごうなんて、
どだい無茶(むちゃ)な話(はなし)だったんです。

ko.n.na.sa.mu.i.hi.ni.o.yo.go.o.na.n.te、
do.da.i.mu.cha.na.ha.na.shi.da.t.ta.n.de.su。

在這麼冷的天氣游泳，根本是亂來。

2

最初(さいしょ)から諦(あきら)めていては、
どだいうまくいくわけがないよ。

sa.i.sho.ka.ra.a.ki.ra.me.te.i.te.wa、
do.da.i.u.ma.ku.i.ku.wa.ke.ga.na.i.yo!

一開始就放棄的話根本沒道理熟練嘛！

③

こんな大役(たいやく)、どだい私(わたし)なんかに務(つと)まるわけがない。

ko.n.na.ta.i.ya.ku、do.da.i.wa.ta.shi.na.n.ka.ni tsu.to.ma.ru.wa.ke.ga.na.i。

這樣的重責大任，我完全無法勝任。

④

この私(わたし)が司会(しかい)をするなんて、どだい無理(むり)な話(はなし)だったのよ！

ko.no.wa.ta.shi.ga.shi.ka.i.o.su.ru.na.n.te、do.da.i.mu.ri.na.ha.na.shi.da.t.ta.no.yo!

竟然要我當主持人，完全不可能嘛！

⑤

2泊(にはく)3日(みっか)で日本一周(にほんいっしゅう)するなんて、考(かんが)えてみればどだい無理(むり)な計画(けいかく)だった。

ni.ha.ku.mi.k.ka.de.ni.ho.n.i.s.shu.u.su.ru.na.n.te、ka.n.ga.e.te.mi.re.ba.do.da.i.mu.ri.na.ke.i.ka.ku.da.t.ta。

三天兩夜環遊日本一周，
想想根本是不可能的計畫。

注意！

土台(どだい)原本指的是建築用語「地基」。後來引申為根本就不可能的意思。

必ずしも

ka.na.ra.zu.shi.mo

正式　日常

不一定…、未必…

051 MP3

必（かなら）ずしもいつも台北（たいぺい）の方（ほう）が東京（とうきょう）より暑（あつ）いとは限（かぎ）りません。

ka.na.ra.zu.shi.mo.i.tsu.mo.ta.i.pe.i.no.ho.o.ga
to.o.kyo.o.yo.ri.a.tsu.i.to.wa.ka.gi.ri.ma.se.n。

台北未必都比東京熱。

2

他人（たにん）がほめる店（みせ）が必（かなら）ずしも自分（じぶん）に合（あ）うとは限（かぎ）らない。

ta.ni.n.ga.ho.me.ru.mi.se.ga.ka.na.ra.zu.shi.mo
ji.bu.n.ni.a.u.to.wa.ka.gi.ra.na.i。

別人讚譽有佳的店未必
都合乎自己的品味。

3

必(かなら)ずしも体(からだ)の大(おお)きい方(ほう)が勝(か)つとは限(かぎ)らない。

ka.na.ra.zu.shi.mo.ka.ra.da.no.o.o.ki.i.ho.o.ga ka.tsu.to.wa.ka.gi.ra.na.i。

未必身材高大就一定會贏。

4

報道(ほうどう)されていることが必(かなら)ずしも真実(しんじつ)とは限(かぎ)らない。

ho.o.do.o.sa.re.te.i.ru.ko.to.ga ka.na.ra.zu.shi.mo.shi.n.ji.tsu.to.wa.ka.gi.ra.na.i。

報導上所寫的未必盡是事實。

5

必(かなら)ずしも先生(せんせい)の言(い)うことが正(ただ)しいとは限(かぎ)らない。

ka.na.ra.zu.shi.mo.se.n.se.i.no.i.u.ko.to.ga.ta.da.shi.i.to.wa ka.gi.ra.na.i。

老師說的話不一定都是對的。

一概に

i.chi.ga.i.ni

正式

一概…、都…

052 MP3

①

これは一概に
彼ひとりの問題ではない。

ko.re.wa.i.chi.ga.i.ni
ka.re.hi.to.ri.no.mo.n.da.i.de.wa.na.i。

這並非都是他一個人的問題。

②

個人差があるので一概には言えませんが、
一般的に白ワインは魚料理に、
赤ワインは肉料理に合うと言われています。

ko.ji.n.sa.ga.a.ru.no.de.i.chi.ga.i.ni.wa.i.e.ma.se.n.ga、
i.p.pa.n.te.ki.ni.shi.ro.wa.i.n.wa.sa.ka.na.ryo.o.ri.ni、
a.ka.wa.i.n.wa.ni.ku.ryo.o.ri.ni.a.u.to.i.wa.re.te.i.ma.su。

由於個人喜好的不同，所以不能一概而論，
但一般來說，白酒搭配海鮮，
紅酒則是搭配肉類。

3

相手の言うことを一概に否定せず、

じっくり聞いてみましょう。

a.i.te.no.i.u.ko.to.o.i.chi.ga.i.ni.hi.te.i.se.zu、
ji.k.ku.ri.ki.i.te.mi.ma.sho.o。

不要一概否定對方的說詞，試著仔細聆聽吧！

グルメ本に載っている店が一概に

おいしいわけではない。

gu.ru.me.bo.n.ni.no.t.te.i.ru.mi.se.ga.i.chi.ga.i.ni.
o.i.shi.i.wa.ke.de.wa.na.i。

並不是美食雜誌裡刊載的店就都好吃。

5

有名大学を

出た人間が一概に

仕事ができるわけではない。

yu.u.me.i.da.i.ga.ku.o
de.ta.ni.n.ge.n.ga.i.chi.ga.i.ni
shi.go.to.ga.de.ki.ru.wa.ke.de.wa.na.i。

即使名校出身，

在職場上也不一定都表現出色。

大して

ta.i.shi.te

正式　日常

不會太…、並不會…

053 MP3

1

私の友人は大して美人でもないのに
不思議ともてる。

wa.ta.shi.no.yu.u.ji.n.wa.ta.i.shi.te.bi.ji.n.de.mo.na.i.no.ni
fu.shi.gi.to.mo.te.ru。

我的朋友並不是個大美女，
但卻意外的很受歡迎。

2

大して仕事もできないくせに、
やたら威張っている上司。

ta.i.shi.te.shi.go.to.mo.de.ki.na.i.ku.se.ni、
ya.ta.ra.i.ba.t.te.i.ru.jo.o.shi。

工作上不太行，
就只會兇巴巴裝腔作勢的上司。

③

バーゲン期間の終わり頃になると、
大していい物は残っていない。

ba.a.ge.n.ki.ka.n.no.o.wa.ri.go.ro.ni.na.ru.to、
ta.i.shi.te.i.i.mo.no.wa.no.ko.t.te.i.na.i。

接近大特賣尾聲剩下的商品都不會太好。

④

その寺はここから大して遠くありません。

so.no.te.ra.wa.ko.ko.ka.ra.ta.i.shi.te.to.o.ku.a.ri.ma.se.n。

那間寺廟離這裡並不會太遠。

⑤

これは大して高い物ではありません。

ko.re.wa.ta.i.shi.te.ta.ka.i.mo.no.de.wa.a.ri.ma.se.n。

這並不是太貴重的東西。

あまり

a.ma.ri

正式　日常

不怎麼…、不太…

054 MP3

1

私(わたし)のはあまり辛(から)くしないでください。

wa.ta.shi.no.wa.a.ma.ri.ka.ra.ku.shi.na.i.de.ku.da.sa.i。

我的請不要弄太辣。

2

あまり親(おや)に頼(たよ)ってばかりではいけない。

a.ma.ri.o.ya.ni.ta.yo.t.te.ba.ka.ri.de.wa.i.ke.na.i。

不可以太依賴父母。

3

有名店(ゆうめいてん)だから期待(きたい)していたのに、あまりおいしくないね…。

yu.u.me.i.te.n.da.ka.ra.ki.ta.i.shi.te.i.ta.no.ni、a.ma.ri.o.i.shi.ku.na.i.ne…

因為是有名的餐廳，所以抱著很高的期待，結果並不怎麼好吃…。

4

ぼくはお金(かね)はあまり持(も)っていませんが、
あなたを幸(しあわ)せにする自信(じしん)はいっぱいあります。

bo.ku.wa.o.ka.ne.wa.a.ma.ri.mo.t.te.i.ma.se.n.ga、
a.na.ta.o.shi.a.wa.se.ni.su.ru.ji.shi.n.wa.i.p.pa.i.a.ri.ma.su。

我雖然不怎麼有錢，
卻有信心能讓妳幸福。

來對話吧！

これは先日(せんじつ)のお礼(れい)です。

ko.re.wa.se.n.ji.tsu.no.o.re.i.de.su。

這是之前的謝禮。

どうかあまり気(き)を遣(つか)わないでください。
大(たい)したことはしていませんから。

do.o.ka.a.ma.ri.ki.o.tsu.ka.wa.na.i.de.ku.da.sa.i。
ta.i.shi.ta.ko.to.wa.shi.te.ma.se.n.ka.ra。

請不要太放在心上，那沒什麼的。

なかなか

na.ka.na.ka

怎麼也不…、很難…

055
MP3

1

人生(じんせい)なかなか思(おも)い通(どお)りには運(はこ)ばない。

ji.n.se.i.na.ka.na.ka.o.mo.i.do.o.ri.ni.wa ha.ko.ba.na.i。

人生很難事事如願地順利進行。

2

犬(いぬ)がなかなか言(い)うことを聞(き)かない。

i.nu.ga.na.ka.na.ka.i.u.ko.to.o.ki.ka.na.i。

我的狗很不聽話。

3

なかなかエンジンが掛(か)からない。

na.ka.na.ka.e.n.ji.n.ga.ka.ka.ra.na.i。

引擎怎麼樣就是無法發動。

なかなかいい案(あん)が浮(う)かばない。

na.ka.na.ka.i.i.a.n.ga.u.ka.ba.na.i。

怎麼也想不到好的企劃案。

5

なかなかタクシーがつかまらない。

na.ka.na.ka.ta.ku.shi.i.ga.tsu.ka.ma.ra.na.i。

怎樣也攔不到計程車。

別に（べつ）

be.tsu.ni

沒什麼特別的…

056 MP3

寒（さむ）くない？
sa.mu.ku.na.i?
會冷嗎？

ううん、別（べつ）に（寒（さむ）くないよ）。
u.u.n、be.tsu.ni.(sa.mu.ku.na.i.yo)。
不會，不太覺得(冷)。

2

このままでも別（べつ）に問題（もんだい）はないですよ。
ko.no.ma.ma.de.mo.be.tsu.ni.mo.n.da.i.wa.na.i.de.su.yo。
這樣就沒什麼大問題了。

3

別（べつ）にあなたのことなんてどうでもいいんだけどね。
be.tsu.ni.a.na.ta.no.ko.to.na.n.te.do.o.de.mo.i.i.n.da.ke.do.ne。
反正你怎樣我都無所謂啊。

今日も別に変わった様子はないようだ。

kyo.o.mo.be.tsu.ni.ka.wa.t.ta.yo.o.su.u.wa.na.i.yo.o.da。

今天好像也沒有特別的異狀。

別に後接否定時表示「沒什麼」的意思。也常有單以別に來回答，但依照說的方式的不同，會有冷淡的感覺，所以只用在關係較親近者之間。

- A：今からコンビニに行ってくるけど、なにか買ってくる物ある？
  i.ma.ka.ra.ko.n.bi.ni.ni.i.t.te.ku.ru.ke.do、na.ni.ka.ka.t.te.ku.ru.mo.no.a.ru?
  我現在要去便利商店，有沒有東西要買？

  B：別に
  be.tsu.ni。
  沒有。

- A：お父さんに言いたいことがあるなら、ちゃんと言いなさい。
  o.to.o.sa.n.ni.i.i.ta.i.ko.to.ga.a.ru.na.ra、cha.n.to.i.i.na.sa.i。
  有什麼想說的話就好好地跟爸爸說。

  B：別に
  be.tsu.ni。
  沒有。

否定副詞篇

・断（だん）じて：絕對　・全然（ぜん）：完全不…　・別（べつ）に：沒什麼

不管是中文還是日文，拒絕別人的說法都有很多種，怎樣精準地傳達拒絕的意思就是本篇的重點了。萬一在輕鬆的場合用了過份嚴重的說法，不僅會招來異樣的眼光，甚至還會不小心得罪人呢！

❶

常用在抗議行動或是強烈宣示自己主張的場合。

原発再稼働（げんばつさいかどう）は断（だん）じて許（ゆる）さないぞ！

ge.n.ba.tsu.sa.i.ka.do.o.wa.da.n.ji.te.yu.ru.sa.na.i.zo!

堅決反對繼續使用核能發電！

❷ 全然
ze.n.ze.n
完全

原本僅用於否定情境，但最近也常被年輕人用在肯定句型中。

私、全然うまく歌えないんだけど…

wa.ta.shi、ze.n.ze.n.u.ma.ku.u.ta.e.na.i.n.da.ke.do…

我完全不會唱歌…

（全然的正規用法）

全然平気！
練習すればうまくなるから。

ze.n.ze.n.he.i.ki!
re.n.shu.u.su.re.ba.u.ma.ku.na.ru.ka.ra。

這完全不是問題！
多練習就會熟練啦！

（日本時下年輕人間常見的說法）

途中から参加でもいい？

to.chu.u.ka.ra.sa.n.ka.de.mo.i.i?

中途加入也可以嗎？

全然OK！ぜひ来てよ。

ze.n.ze.n.o.ke! ze.hi.ki.te.yo.o。

完全OK呀！一定要來喔。

（日本時下年輕人間常見的說法）

③ 別に（べつ）
be.tsu.ni
沒什麼

有種漫不經心，否定、拒絕對方的印象。

昨日（きのう）はちょっと言（い）い過（す）ぎた。ごめんね。
ki.no.o.wa.cho.t.to.i.i.su.gi.ta。go.me.n.ne。
我昨天說得太過火了。很抱歉。

ううん、別（べつ）に気（き）にしてないよ。
u.u.n、be.tsu.ni.ki.ni.shi.te.na.i.yo。
嗯，沒關係，我不在意的。

どうして彼氏（かれし）と別（わか）れちゃったの？
do.o.shi.te.ka.re.shi.to.wa.ka.re.cha.t.ta.no?
為什麼跟男朋友分手了呢？

別（べつ）に。あなたには関係（かんけい）ないでしょ。
be.tsu.ni。a.na.ta.ni.wa.ka.n.ke.i.na.i.de.sho。
沒有為什麼。而且跟你也沒關係吧！

別に。お母さんには
関係ないでしょ。

be.tsu.ni。o.ka.a.sa.n.ni.wa
ka.n.ke.i.na.i.de.sho。

沒做什麼。
而且也跟媽媽沒關係吧！

最近帰りが遅いけど、
何してるの？

sa.i.ki.n.ka.e.ri.ga.o.so.i.ke.do、
na.ni.shi.te.ru.no?

最近你都很晚才回家，
都在外面做什麼呢？

親に向かって何ですか、
その言い方！

o.ya.ni.mu.ka.t.te.na.n.de.su.ka、
so.no.i.i.ka.ta!

這是對父母說話該有的態度嗎！

副詞	使用情況	Point
❶ 断じて da.n.ji.te 決不	常用在抗議行動或是強烈得宣示自己主張的場合。	氣氛會變得很緊繃。
❷ 全然 ze.n.ze.n 完全	原本僅用於否定情境，但最近也常被年輕人用在肯定句型中。	即使是現在，仍有很多長輩不習慣「全然」的肯定用法，所以對長輩還是盡量不要使用喔！
❸ 別に be.tsu.ni 沒什麼	有種漫不經心，否定、拒絕對方的印象。	對長輩千萬不可以使用喔！

一体

いったい

i.t.ta.i

正式

日常

到底

057 MP3

一体彼はどのようにして短期間に日本語をマスターしたのでしょうか。

i.t.ta.i.ka.re.wa.do.no.yo.o.ni.shi.te.ta.n.ki.ka.n.ni.ni.ho.n.go.o.ma.su.ta.a.shi.ta.no.de.sho.ka。

他到底是怎麼在短期內精通日文的呢？

2

この出来事は一体何を意味しているのでしょうか？

ko.no.de.ki.go.to.wa.i.t.ta.i.na.ni.o.i.mi.shi.te.i.ru.no.de.sho.o.ka?

這現象到底代表什麼意義呢？

3 地球はこの先一体どうなってしまうのだろう？

chi.kyu.u.wa.ko.no.sa.ki.i.t.ta.i.do.o.na.t.te.shi.ma.u.no.da.ro.o?

地球未來到底會變成怎樣呢？

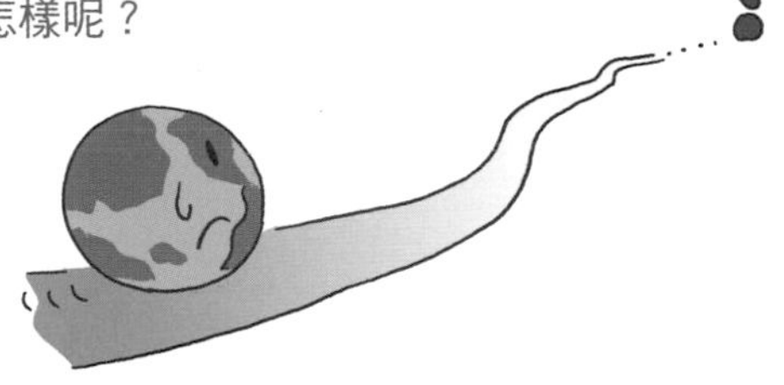

みなさんこの箱の中には
一体何が入っていると思いますか？

mi.na.sa.n.ko.no.ha.ko.no.na.ka.ni.wa.
i.t.ta.i.na.ni.ga.ha.i.t.te.i.ru.to.o.mo.i.ma.su.ka?

大家覺得這個箱子裡面到底裝了什麼呢？

注意！

一体不只用在提出問題場合，也常用來表達強烈的質疑。

- 昨日一緒に歩いていた女性は一体誰？
  ki.no.o.i.s.sho.ni.a.ru.i.te.i.ta.jo.se.i.wa.i.t.ta.i.da.re?
  昨天跟你走在一起的女生到底是誰？
- 一体どういうつもりなんですか？
  i.t.ta.i.do.o.i.u.tsu.mo.ri.na.n.de.su.ka?
  你到底是什麼意思？
- 一体何がどうなってるの？
  i.t.ta.i.na.ni.ga.do.o.na.t.te.ru.no?
  到底發生了什麼事？

はたして

ha.ta.shi.te

正式

果然是…嗎？、真的是…嗎？

058
MP3

1 はたして本当(ほんとう)に
彼(かれ)が犯人(はんにん)なのだろうか？

ha.ta.shi.te.ho.n.to.o.ni
ka.re.ga.ha.n.ni.n.na.no.da.ro.o.ka?

他真的是犯人嗎？

2

はたしてふたりは
結(むす)ばれるのでしょうか？

ha.ta.shi.te.fu.ta.ri.wa
mu.su.ba.re.ru.no.de.sho.o.ka?

兩人真的能繼續走下去嗎？

3 学校(がっこう) 教(きょう) 育(いく)ははたしてこのままでいいのでしょうか？

ga.k.ko.o.kyo.o.i.ku.wa.ha.ta.shi.te.ko.no.ma.ma.de.i.i.no.de.sho.o.ka?

學校教育的現狀，這樣下去真的好嗎？

4

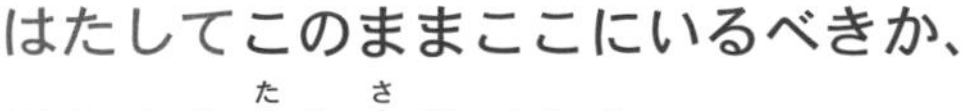

はたしてこのままここにいるべきか、
それとも立ち去るべきか、
彼は悩んでいた。

ha.ta.shi.te.ko.no.ma.ma.ko.ko.ni.i.ru.be.ki.ka、
so.re.to.mo.ta.chi.sa.ru.be.ki.ka、
ka.re.wa.na.ya.n.de.i.ta。

到底應該繼續待著，
還是轉身離開呢？他猶豫著。

5

最高級の和牛、
はたして気になるそのお値段は？

sa.i.ko.o.kyu.u.no.wa.gyu.u、
ha.ta.shi.te.ki.ni.na.ru.so.no.o.ne.da.n.wa?

最高級的和牛！
真令人好奇到底它的價錢是？

どうして

do.o.shi.te

正式　日常

為什麼

059 MP3

どうしてあなたたちはおかあさんに心配(しんぱい)ばかり掛(か)けるの！

do.o.shi.te.a.na.ta.ta.chi.wa.o.ka.a.sa.n.ni
shi.n.pa.i.ba.ka.ri.ka.ke.ru.no!

為什麼你們老是要讓媽媽擔心呢！

あんなに仲(なか)がよかったふたりが、
一体(いったい)どうして別(わか)れることになったのだろう？

a.n.na.ni.na.ka.ga.yo.ka.t.ta.fu.ta.ri.ga、
i.t.ta.i.do.o.shi.te.wa.ka.re.ru.ko.to.ni.na.t.ta.no.da.ro.o?

感情那麼好的兩個人，
到底為什麼分手了呢？

3

沙樹(さき)さんはどうしていつもそんなに落(お)ち着(つ)いているの？

sa.ki.sa.n.wa.do.o.shi.te.i.tsu.mo.so.n.na.ni
o.chi.tsu.i.te.i.ru.no?

沙樹小姐為什麼總是能那麼冷靜呢？

4 どうして地上から戦いの炎は消えないのでしょうか。

do.o.shi.te.chi.jo.o.ka.ra.ta.ta.ka.i.no.ho.no.o.wa ki.e.na.i.no.de.sho.o.ka?

為什麼戰爭無法從地球上消失呢？

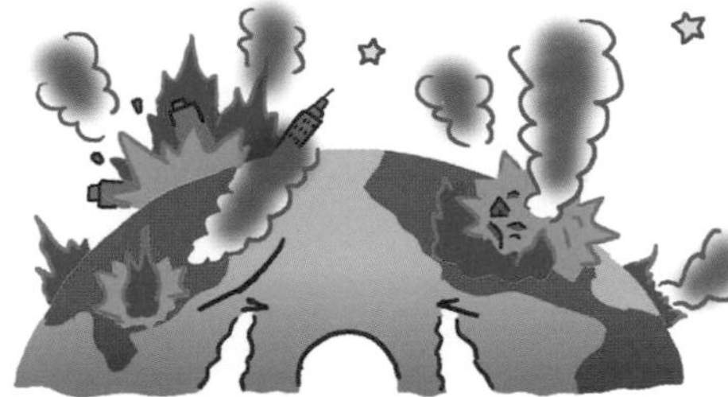

來對話吧！

どうしてぼくの言うことが信じられないんだ？

do.o.shi.te.bo.ku.no.i.u.ko.to.ga.shi.n.ji.ra.re.na.i.n.da?

為什麼不相信我說的話呢？

胸に手を当ててよく考えてごらんなさい！

mu.ne.ni.te.o.a.te.te.yo.ku.ka.n.ga.e.te.go.ra.n.na.sa.i!

請你自己摸著良心想想看！

なぜ

na.ze

正式

為何

060
MP3

1

なぜ人は
悩まなくていいことまで悩むのでしょうか？

na.ze.hi.to.wa
na.ya.ma.na.ku.te.i.i.ko.to.ma.de.na.ya.mu.no.de.sho.o.ka?

為何人們總是喜歡庸人自擾呢？

2

なぜ彼女がぼくの元を去っていったのか、
さっぱり訳がわからない。

na.ze.ka.no.jo.ga.bo.ku.no.mo.to.o.sa.t.te.i.t.ta.no.ka、
sa.p.pa.ri.wa.ke.ga.wa.ka.ra.na.i。

為什麼她要離開我，我真的完全不懂。

3

牛乳でお腹を
壊す日本人が多いのはなぜだろう？

gyu.u.nyu.u.de.o.na.ka.o
ko.wa.su.ni.ho.n.ji.n.ga.o.o.i.no.wa.na.ze.da.ro.o?

為什麼很多日本人喝了牛奶就會肚子痛呢？

経済発展（けいざいはってん）の影（かげ）でなぜ貧富（ひんぷ）の格差（かくさ）は広（ひろ）がるのだろう？

ke.i.za.i.ha.t.te.n.no.ka.ge.de.na.ze.hi.n.pu.no.ka.ku.sa.wa.hi.ro.ga.ru.no.da.ro.o?

為何經濟發展，反而使貧富差距更大了呢？

在熟悉的朋友間很常使用「なんで」。

- なんで昨日（きのう）来（こ）なかったの？
  na.n.de.ki.no.o.ko.na.ka.k.ta.no?
  為什麼昨天沒來呢？

- なんで急（きゅう）にそんなことを言（い）い出（だ）すんですか？
  na.n.de.kyu.u.ni.so.n.na.ko.to.o.i.i.da.su.n.de.su.ka?
  為什麼突然這麼說呢？

どう

do.o

正式　日常

怎麼樣、如何…

061 MP3

1

クレームにどう対応(たいおう)していくべきか、
みんなで確認(かくにん)しておくべきですね。

ku.re.e.mu.ni.do.o.ta.i.o.o.shi.te.i.ku.be.ki.ka、
mi.n.na.de.ka.ku.ni.n.shi.te.o.ku.be.ki.de.su.ne。

大家應該先確認好，
客戶投訴如何應對與處理。

2

意見、問題大募集

こうしたらどうかな、ここがわからない、
などご意見(いけん)やご質問(しつもん)を
どんどんお寄(よ)せください。

ko.o.shi.ta.ra.do.o.ka.na、ko.ko.ga.wa.ka.ra.na.i、
na.do.go.i.ke.n.ya.go.shi.tsu.mo.n.o
do.n.do.n.o.yo.se.ku.da.sa.i。

這麼做如何呢？這邊有點不太清楚…
等等的意見與問題請儘管提出來。

3

こんな時（とき）あなたならどうする？

ko.n.na.to.ki.a.na.ta.na.ra.do.o.su.ru?

這時候如果是妳會怎麼辦？

4

どうすれば地球温暖化（ちきゅうおんだんか）を止（と）められるのでしょう。

do.o.su.re.ba.chi.kyu.u.o.n.da.n.ka.o
to.me.ra.re.ru.no.de.sho.o?

要怎麼做才能停止地球暖化呢？

5

どうしたら彼女（かのじょ）のようにエレガントになれるのだろう？

do.o.shi.ta.ra.ka.no.jo.no.yo.o.ni.e.re.ga.n.to.ni
na.re.ru.no.da.ro.o?

怎麼樣才能像她一樣優雅呢？

いかが

i.ka.ga

怎麼樣呢、如何呢？

1

こういうスケジュールは

いかがでしょう？

ko.o.i.u.su.ke.ju.u.ru.wa.i.ka.ga.de.sho.o?

這樣的行程不曉得您覺得如何呢？

2

ご機嫌(きげん)いかがですか？

go.ki.ge.n.i.ka.ga.de.su.ka?

您好嗎？

3

コーヒーのおかわりは

いかがですか？

ko.o.hi.i.no.o.ka.wa.ri.wa
i.ka.ga.de.su.ka?

您需要續杯咖啡嗎？

4

そういうやり方(かた)は、いかがなものでしょう？

so.o.i.u.ya.ri.ka.ta.wa、
i.ka.ga.na.mo.no.de.sho.o?

這種做法對嗎？

注意！

表示懷疑或擔心的心情時，或詢問對方心情或意願時、邀約或規勸，有鄭重其事的印象。「いかが」的日常用語為「どう」。

- **そういうやりかたはどうかなあ。**
  so.o.i.u.ya.ri.ka.ta.wa.do.o.ka.na.a。
  那種作法對嗎？

- **最近(さいきん) 調子(ちょうし)はどう？**
  sa.i.ki.n.cho.o.shi.wa.do.o?
  最近身體狀況如何呢？

- **おかわりはどう？**
  o.ka.wa.ri.wa.do.o?
  要不要續杯呢？

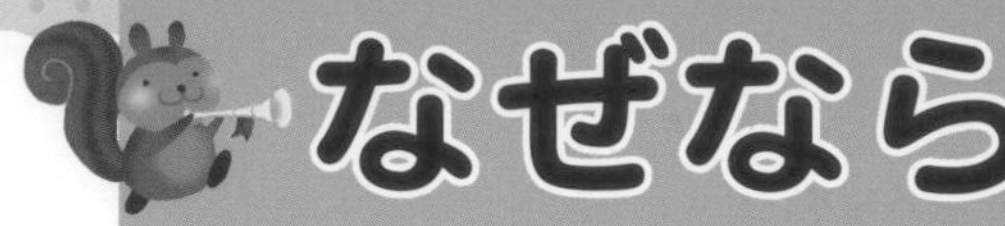

なぜなら

na.ze.na.ra

正式

因為…

063 MP3

1

まだ断言（だんげん）はできない。
なぜなら100％（ひゃくパーセント）の確信（かくしん）が
持（も）てないからだ。

ma.da.da.n.ge.n.wa.de.ki.na.i。
na.ze.na.ra.hya.ku.pa.a.se.n.to.no.ka.ku.shi.n.ga
mo.te.na.i.ka.ra.da。

還不能下定論。

因為我還沒有100%確定。

2

ペンギンは空（そら）を飛（と）べない。
なぜなら羽（はね）が退化（たいか）しているからである。

pe.n.gi.n.wa.so.ra.o.to.be.na.i。
na.ze.na.ra.ha.ne.ga.ta.i.ka.shi.te.i.ru.ka.ra.de.a.ru。

企鵝無法在天空飛翔。

因為翅膀已經退化了。

3

あなたは辞任(じにん)するべきです。
なぜなら不正(ふせい)に手(て)を
染(そ)めているからです。

a.na.ta.wa.ji.ni.n.su.ru.be.ki.de.su。
na.ze.na.ra.fu.se.i.ni.te.o
so.me.te.i.ru.ka.ra.de.su。

你應該要辭職。
因為你涉入不法情事。

4

私(わたし)は幽霊(ゆうれい)の存在(そんざい)を信(しん)じません。
なぜなら一度(いちど)も見(み)たことがないからです。

wa.ta.shi.wa.yu.u.re.i.no.so.n.za.i.o.shi.n.ji.ma.se.n。
na.ze.na.ra.i.chi.do.mo.mi.ta.ko.to.ga.na.i.ka.ra.de.su。

我不相信幽靈的存在。因為我連一次都沒看過。

5

彼(かれ)にいくら意見(いけん)を言(い)っても無駄(むだ)ですよ。
なぜなら彼(かれ)は全(まった)く人(ひと)の意見(いけん)に耳(みみ)を
貸(か)さないから。

ka.re.ni.i.ku.ra.i.ke.n.o.i.t.te.mo.mu.da.de.su.yo。
na.ze.na.ra.ka.re.wa.ma.t.ta.ku.hi.to.no.i.ke.n.ni.mi.mi.o
ka.sa.na.i.ka.ra。

就算對他說再多也沒用。
因為他完全聽不進別人的意見。

というのは

to.i.u.no.wa

正式　日常

因為…

064 MP3

1

すぐに彼(かれ)らが兄弟(きょうだい)だとわかったよ。

というのはふたりはそっくりだったからね。

su.gu.ni.ka.re.ra.ga.kyo.o.da.i.da.to.wa.ka.t.ta.yo。
to.i.u.no.wa.fu.ta.ri.wa.so.k.ku.ri.da.t.ta.ka.ra.ne。

一看就知道兩人是兄弟。因為他們長得很像嘛！

2

先週(せんしゅう)はずっと会社(かいしゃ)を休(やす)んでいました。

というのは風邪(かぜ)で寝(ね)込(こ)んでいたからです。

se.n.shu.u.wa.zu.t.to.ka.i.sha.o.ya.su.n.de.i.ma.shi.ta。
to.i.u.no.wa.ka.ze.de.ne.ko.n.de.i.ta.ka.ra.de.su。

上星期都沒去上班。

因為我感冒一直臥病在床。

3

買(か)い物(もの)に出(で)かけた母(はは)はすぐに戻(もど)ってきた。

というのは財布(さいふ)を忘(わす)れたからだ。

ka.i.mo.no.ni.de.ka.ke.ta.ha.ha.wa.su.gu.ni.
mo.do.t.te.ki.ta。
to.i.u.no.wa.sa.i.fu.o.wa.su.re.ta.ka.ra.da。

媽媽出去買東西但馬上就回來了。

因為忘記帶錢包。

4

今日(きょう)の私(わたし)は元気(げんき)いっぱい。
というのは昨日(きのう)たっぷり休息(きゅうそく)したからです。

kyo.o.no.wa.ta.shi.wa.ge.n.ki.i.p.pa.i。
to.i.u.no.wa.ki.no.o.ta.p.pu.ri.kyu.u.so.ku.shi.ta.ka.ra.de.su。

我今天精神很好。因為昨天有充份的休息。

來對話吧！

今度(こんど)うちに遊(あそ)びに来(き)てよ。というのはね、
母(はは)が小林(こばやし)さんに会(あ)いたがってるのよ！

ko.n.do.u.chi.ni.a.so.bi.ni.ki.te.yo。to.i.u.no.wa.ne、
ha.ha.ga.ko.ba.ya.shi.sa.n.ni.a.i.ta.ga.t.te.ru.no.yo!

下次來我家玩吧。因為我媽媽很想見小林小姐呢！

本当(ほんとう)？じゃあよろこんで行(い)かせてもらうね。

ho.n.to.o? ja.a.yo.ro.ko.n.de.i.ka.se.te.mo.ra.u.ne!

真的嗎？我很樂意呢！

一般(いっぱん)に

i.p.pa.n.ni

正式

一般來說…

065 MP3

一般(いっぱん)に
女性(じょせい)の方(ほう)が男性(だんせい)より長生(ながい)きする。

i.p.pa.n.ni
jo.se.i.no.ho.o.ga.da.n.se.i.yo.ri.na.ga.i.ki.su.ru。

一般來說，女性比男性長壽。

2

一般(いっぱん)にゴールデンレトリバーは
おとなしい犬種(けんしゅ)だと言(い)われています。

i.p.pa.n.ni.go.o.ru.de.n.re.to.ri.ba.a.wa.
o.to.na.shi.i.ke.n.shu.da.to.i.wa.re.te.i.ma.su。

一般來說，黃金獵犬是很乖巧的品種。

3

日本(にほん)では一般(いっぱん)にトマトは
野菜(やさい)コーナーで売(う)られている。

ni.ho.n.de.wa.i.p.pa.n.ni.to.ma.to.wa
ya.sa.i.ko.o.na.a.de.u.ra.re.te.i.ru。

在日本，番茄一般是放在蔬菜區。

パンは一般に小麦粉で作られるものですが、
最近は米粉パンも人気です。

pa.n.wa.i.p.pa.n.ni.ko.mu.gi.ko.de.tsu.ku.ra.re.ru.mo.no.de.su.ga、
sa.i.ki.n.wa.ko.me.ko.pa.n.mo.ni.n.ki.de.su。

麵包一般是用小麥粉做成的，
但最近米麵包也很受歡迎。

日本と同様に、台湾にも一般にチップの習慣はありません。

ni.ho.n.to.do.o.yo.o.ni、ta.i.wa.n.ni.mo.i.p.pa.n.ni.chi.p.pu.no.shu.u.ka.n.wa.a.ri.
ma.se.n。

和日本一樣，一般來說台灣也沒有給小費的習慣。

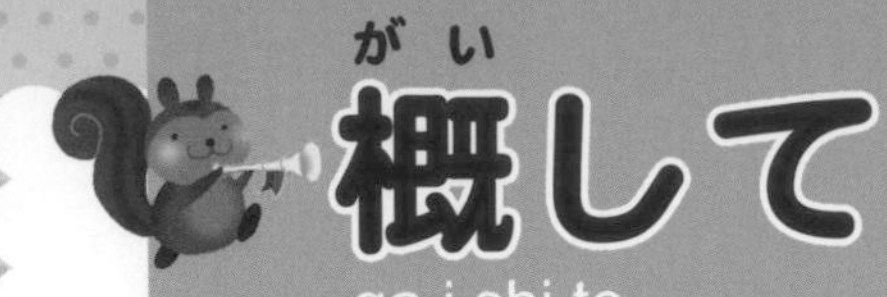

概(がい)して

ga.i.shi.te

正式

一般、大部分、大致上…

066 MP3

1

概(がい)して人(ひと)はストレスに弱(よわ)い。

ga.i.shi.te.hi.to.wa.su.to.re.su.ni.yo.wa.i。

大部份的人的抗壓性都很低。

2

母親(ははおや)というのは概(がい)して心配性(しんぱいしょう)です。

ha.ha.o.ya.to.i.u.no.wa.ga.i.shi.te.shi.n.pa.i.sho.o.de.su。

媽媽大致上總扮演著事事操心的角色。

3

銀座(ぎんざ)の寿司屋(すしや)は概(がい)して高(たか)い。

gi.n.za.no.su.shi.ya.wa.ga.i.shi.te.ta.ka.i。

銀座的壽司店大部份都很貴。

ここの生徒(せいと)は概(がい)して優秀(ゆうしゅう)です。

ko.ko.no.se.i.to.wa.ga.i.shi.te.yu.u.shu.u.de.su。

這裡的學生大部份都很優秀。

來對話吧！

最近中学生(さいきんちゅうがくせい)の娘(むすめ)が反抗的(はんこうてき)なんだ。

sa.i.ki.n.chu.u.ga.ku.se.i.no.mu.su.me.ga.ha.n.ko.o.te.ki.na.n.da。

最近，正在唸國中的女兒很叛逆。

年頃(としごろ)の女(おんな)の子(こ)は概(がい)してそんなもんだよ。

to.shi.go.ro.no.o.n.na.no.ko.wa.ga.i.shi.te.so.n.na.mo.n.da.yo!

那年紀的女孩子大都是那樣囉！

総じて

so.o.ji.te

整體…、全面…

067 MP3

1

自動車関連株は総じて値下がりしている。

ji.do.o.sha.ka.n.re.n.ka.bu.wa.so.o.ji.te.ne.sa.ga.ri.shi.te.i.ru。

汽車相關產業的股價整體下跌。

2

総じて不振の外食業界の中で、
回転寿司は健闘しています。

so.o.ji.te.fu.shi.n.no.ga.i.sho.ku.gyo.o.ka.i.no.na.ka.de、
ka.i.te.n.zu.shi.wa.ke.n.to.o.shi.te.i.ma.su。

在整體不景氣的餐飲業界，
迴轉壽司還在持續奮鬥中。

家庭餐廳

法國料理

義式料理

3

人氣百大排行榜

総じて満足度の高い宿を集めた本。

so.o.ji.te.ma.n.zo.ku.do.no.ta.ka.i.ya.do.o.a.tsu.me.ta.ho.n。

這是一本整體評價很高的住宿指南。

4

東北地方の料理は総じて塩辛い。

to.o.ho.ku.chi.ho.o.no.ryo.o.ri.wa.so.o.ji.te.shi.o.ka.ra.i。

東北地方的料理整體而言都偏鹹。

5

北海道のスキー場は総じて評判がよい。

ho.k.ka.i.do.o.no.su.ki.i.jo.o.wa.so.o.ji.te.hyo.o.ba.n.ga.yo.i。

北海道的滑雪場整體而言評價都很好。

そもそも

so.mo.so.mo

①

そもそもどうしてこう仕事が楽しくないのか、その点から考えてみよう。

so.mo.so.mo.do.o.shi.te.shi.go.to.ga.ta.no.shi.ku.na.i.no.ka、so.no.te.n.ka.ra.ka.n.ga.e.te.mi.yo.o。

為什麼做這份工作根本就不開心呢？
就往這方向去思考看看好了。

②

何かというとストレス、ストレスと言われる現代ですが、そもそも「ストレス」とは一体何なのでしょうか？

na.ni.ka.to.i.u.to.su.to.re.su、su.to.re.su.to.i.wa.re.ru.ge.n.da.i.de.su.ga、so.mo.so.mo「su.to.re.su」to.wa i.t.ta.i.na.n.na.no.de.sho.o.ka?

現代人動不動就嚷著壓力大，
然而究竟「壓力」又是什麼呢？

對話③圖中的「悪徳ヤミ金」是「悪徳ヤミ金融業者」（放高利貸業者）的簡稱，「ヤミ」的漢字為「闇」但幾乎皆以片假名的「ヤミ」表示。

3 そもそもあんなところからお金(かね)を借(か)りたのがまちがいの元(もと)だったのです。

so.mo.so.mo.a.n.na.to.ko.ro.ka.ra.o.ka.ne.o
ka.ri.ta.no.ga.ma.chi.ga.i.no.mo.to.da.t.ta.no.de.su。

在那種地方借錢根本就是錯誤的開始。

來對話吧！

こんなに大変(たいへん)なところに連(つ)れてきてごめんね。

ko.n.na.ni.ta.i.he.n.na.to.ko.ro.ni.tsu.re.te.ki.te.go.me.n.ne。

帶妳到這種地方真是不好意思。

謝(あやま)る必要(ひつよう)なんてないよ。
そもそも私(わたし)が最初(さいしょ)に言(い)い出(だ)したことだし。

a.ya.ma.ru.hi.tsu.yo.o.na.n.te.na.i.yo。
so.mo.so.mo.wa.ta.shi.ga.sa.i.sho.ni.i.i.da.shi.ta.ko.to.da.shi。

別這麼說嘛！原本就是我說要來的呀！

もともと

mo.to.mo.to

正式　日常

原本…

1

これはもともと一地方(いちちほう)だけで食(た)べられていた屋台料理(やたいりょうり)です。

ko.re.wa.mo.to.mo.to.i.chi.chi.ho.o.da.ke.de ta.be.ra.re.te.i.ta.ya.ta.i.ryo.o.ri.de.su。

這本來就是當地獨有的特色小吃。

2

もともとここは寂(さび)しい漁村(ぎょそん)でした。

mo.to.mo.to.ko.ko.wa.sa.bi.shi.i.gyo.so.n.de.shi.ta。

這裡原本是個寂寥的漁村。

3

彼(かれ)ならいつか成功(せいこう)すると思(おも)っていた。
もともと彼(かれ)には才能(さいのう)があったしね。

ka.re.na.ra.i.tsu.ka.se.i.ko.o.su.ru.to.o.mo.t.te.i.ta。
mo.to.mo.to.ka.re.ni.wa.sa.i.no.o.ga.a.t.ta.shi.ne。

我當時就認為他一定會成功的。
因為他本來就很有天賦。

4

だめでもともとでやってみよう！

da.me.de.mo.to.mo.to.de.ya.t.te.mi.yo.o!

抱著本來就會失敗的覺悟豁出去挑戰看看吧！

注意！

だめでもともと最近常被省略為だめもと，也常以だめもとでやってみよう。的形式使用，意為就算失敗的機率很大也想放手一搏。

本来（ほんらい）

ho.n.ra.i

正式

原本…

070 MP3

1

茶道（さどう）は本来（ほんらい）武将（ぶしょう）たちの

たしなみだった。

sa.do.o.wa.ho.n.ra.i.bu.sho.o.ta.chi.no.
ta.shi.na.mi.da.t.ta。

茶道原本是武將們閒暇時的消遣。

2

この蝶（ちょう）は本来（ほんらい）このあたりには

いない南国（なんごく）の種（しゅ）です。

ko.no.cho.o.wa.ho.n.ra.i.ko.no.a.ta.ri.ni.wa
i.na.i.na.n.go.ku.no.shu.de.su。

這附近原本是沒有

這種南方品種的蝴蝶。

3

彼（かれ）は本来（ほんらい）歌手（かしゅ）だが、

最近（さいきん）では俳優（はいゆう）としての活躍（かつやく）が目立（めだ）つ。

ka.re.wa.ho.n.ra.i.ka.shu.da.ga、sa.i.ki.n.de.wa.
ha.i.yu.u.to.shi.te.no.ka.tsu.ya.ku.ga.me.da.tsu。

他原本是歌手，但最近以演員之姿表現搶眼。

本来(ほんらい)ならお伺(うかが)いして直接(ちょくせつ)お礼申(れいもう)し上(あ)げるところですが、書面(しょめん)にて失礼(しつれい)いたします。

ho.n.ra.i.na.ra.o.u.ka.ga.i.shi.te.cho.ku.se.tsu.o.re.i.mo.o.shi.a.ge.ru.to.ko.ro.de.su.ga、sho.me.n.ni.te.shi.tsu.re.i.i.ta.shi.ma.su。

原先想直接向您致意的，
這次只透過書信真是對您失禮了。

來對話吧！

ぼくは本来(ほんらい)こんな小(ちい)さい会社(かいしゃ)でくすぶっているような人間(にんげん)じゃないんだ。

bo.ku.wa.ho.n.ra.i.ko.n.na.chi.i.sa.i.ka.i.sha.de.
ku.su.bu.t.te.i.ru.yo.o.na.ni.n.ge.n.ja.na.i.n.da。

我本來就不是待在這種小公司屈就的料。

文句言(もんくい)ってる暇(ひま)があったら、ちゃんと仕事(しごと)してよ。

mo.n.ku.i.t.te.ru.hi.ma.ga.a.t.ta.ra、cha.n.to.shi.go.to.shi.te.yo。

有時間抱怨，還不如認真工作。

がんらい

元来

ga.n.ra.i

正式

本來…

071 MP3

1

人間(にんげん)は元来(がんらい)ひとりでは生(い)きられないものです。

ni.n.ge.n.wa.ga.n.ra.i.hi.to.ri.de.wa i.ki.ra.re.na.i.mo.no.de.su。

人本來就是無法獨自生存的。

2

「セレブ」は元来著名人(がんらいちょめいじん)、名士(めいし)を意味(いみ)する「セレブリティ」を省略(しょうりゃく)した言葉(ことば)です。

「se.re.bu」wa.ga.n.ra.i.cho.me.i.ji.n、me.i.shi.o.i.mi.su.ru「se.re.bu.ri.ti.i」o sho.o.rya.ku.shi.ta.ko.to.ba.de.su。

「セレブ」是簡寫，原來為「セレブリティ」名人、名流的意思。

③

人間(にんげん)、元来(がんらい)無(む)一文(いちもん)。

ni.n.ge.n、ga.n.ra.i.mu.i.chi.mo.n。

人，生來就不帶一毛錢。

④

日本語(にほんご)は元来(がんらい)縦書(たてが)きですが、

明治(めいじ)以降(いこう)は横書(よこが)きも広(ひろ)まりました。

ni.ho.n.go.wa.ga.n.ra.i.ta.te.ga.ki.de.su.ga、
me.i.ji.i.ko.o.wa.yo.ko.ga.ki.mo.hi.ro.ma.ri.ma.shi.ta。

日文本來是直書，

但明治以後橫書就廣泛流行了。

注意！

元来(がんらい)有「一開始就是如此」的意思。和**もともと**相近。日常會話中相近的表現方式有**根(ね)っからの**（原來、根本）。

- 父(ちち)は元来(がんらい)の頑固者(がんこもの)だ。＝父(ちち)は根(ね)っからの頑固者(がんこもの)だ。
  爸爸本來就很固執。

結局

けっきょく

ke.k.kyo.ku

結果、最後、追根究柢…

1

結局私が全部ペットの
面倒を見ることになるのよね。

ke.k.kyo.ku.wa.ta.shi.ga.ze.n.bu.pe.t.to.no.
me.n.do.o.o.mi.ru.ko.to.ni.na.ru.no.yo.ne。

最後變成都是我在照顧寵物。

2

結局顔のいい人間が得をする。

ke.k.kyo.ku.ka.o.no.i.i.ni.n.ge.n.ga.to.ku.o.su.ru。

結果還是長得好看的人比較吃香

3

結局(けっきょく)あなたは何(なに)が言(い)いたいんですか？

ke.k.kyo.ku.a.na.ta.wa
na.ni.ga.i.i.ta.i.n.de.su.ka?

結果你到底想說什麼？

4

物語(ものがたり)は
結局(けっきょく)ハッピーエンドで終(お)わった。

mo.no.ga.ta.ri.wa
ke.k.kyo.ku.ha.p.pi.i.e.n.do.de.o.wa.t.ta。

最後故事有了完美的結局。

5

私(わたし)がいくらいい企画書(きかくしょ)を作(つく)っても、
結局(けっきょく)上司(じょうし)に潰(つぶ)される。

wa.ta.shi.ga.i.ku.ra.i.i.ki.ka.ku.sho.o.tsu.ku.t.te.
mo、ke.k.kyo.ku.jo.o.shi.ni.tsu.bu.sa.re.ru。

不管我提出多棒的企劃書，
最後還是會被上司否決掉。

第三章 歸結原因

本来（ほんらい）與元来（がんらい）比較篇

「本来（ほんらい）」是指理所當然如此的事情。也很常被使用在明明應該如何，卻沒有如預期發展的狀況，以「本来（ほんらい）～べきだ」的形式使用。「元来（がんらい）」純粹指事物的原貌，跟「本来（ほんらい）」不同的是「元来（がんらい）」並沒有牽涉到前後不一的比較。

1

本来（ほんらい）
ho.n.ra.i
本來

1.理所當然。
2.本來應該…但卻…

本来（ほんらい）これは私（わたし）の仕事（しごと）じゃないのに。

ho.n.ra.i.ko.re.wa.wa.ta.shi.no.shi.go.to.ja.na.i.no.ni。

這本來明明就不是我的工作。

（但是現在多負擔了額外的工作）

この仏像（ぶつぞう）は本来（ほんらい）本堂（ほんどう）に置（お）かれるべきですが、工事（こうじ）のため一時的（いちじてき）にここに置（お）かれています。

ko.no.bu.tsu.zo.o.wa.ho.n.ra.i.ho.n.do.o.ni.o.ka.re.ru.be.ki.de.su.ga、ko.o.ji.no.ta.me.i.chi.ji.te.ki.ni.ko.ko.ni.o.ka.re.te.i.ma.su。

這個佛像本來應該是放在主寺的，
但因為建設工程的關係所以暫時先放在這邊。

（原本不是供奉在此地的，但現在是）

もともとむこうが悪(わる)いのだから、
本来(ほんらい)むこうの方(ほう)からこちらに謝(あやま)りに来(く)るべきだ。

mo.to.mo.to.mu.ko.o.ga.wa.ru.i.no.da.ka.ra、
ho.n.ra.i.mu.ko.o.no.ho.o.ka.ra.ko.chi.ra.ni.a.ya.ma.ri.ni.ku.ru.be.ki.da。

原本他就有錯在先，

所以他本來就應該要來跟我道歉的吧！

（但是到現在還沒來）

2

元来(がんらい)
ga.n.ra.i
本來

事物原本的樣子，
一直以來都沒變過。

兄(あに)も弟(おとうと)も元来(がんらい)我(が)が強(つよ)くて、小(ちい)さい頃(ころ)からけんかが絶(た)えない。

a.ni.mo.o.to.o.to.mo.ga.n.ra.i.ga.ga.tsu.yo.ku.te、chi.i.sa.i.ko.ro.ka.ra.ke.n.ka.ga.ta.e.na.i。

哥哥和弟弟本來就都很好強，從小就吵個不停。

（一直以來的個性都是如此）

女性(じょせい)は元来(がんらい)勘(かん)が鋭(するど)い。

jo.se.i.wa.ga.n.ra.i.ka.n.ga.su.ru.do.i。

女生的第六感本來就很敏銳。

（向來都有此一說法）

この仏像(ぶつぞう)は元来(がんらい)うちの寺(てら)に
古(ふる)くから伝(つた)わるものです。

ko.no.bu.tsu.zo.o.wa.ga.n.ra.i.u.chi.no.te.ra.ni.
fu.ru.ku.ka.ra.tsu.ta.wa.ru.mo.no.de.su。

這個佛像自古就一直在本寺供奉流傳著。

（從古到今一直都是）

副詞	使用情況	Point
❶ 本来(ほんらい) ho.n.ra.i 本來	1.理所當然。 2.本來應該…但卻…	以前是A 現在變B
❷ 元来(がんらい) ga.n.ra.i 本來	事物原本的樣子， 一直都沒變過。	以前是A 現在還是A

選選看：本来（ほんらい）？元来（がんらい）？哪一個呢？

女生的第六感本來就很敏銳。

女性（じょせい）は（元来（がんらい））勘（かん）が鋭（するど）い。

❶

本來早上天氣還很好。

（　　）天気（てんき）はよかったのに。

❷

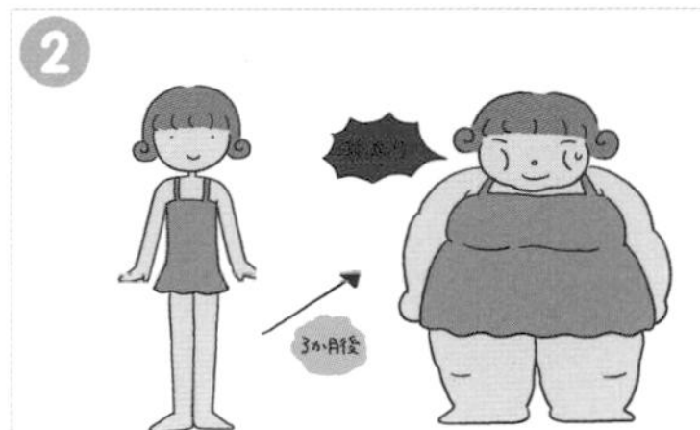

她本來是個美女。

彼女（かのじょ）は（　　）美人（びじん）だった。

❸

熊貓本來就很可愛。

パンダは（　　）かわいいです。

❹

她本來很怕貓。

彼女（かのじょ）は（　　）猫（ねこ）が苦手（にがて）なんだ。

❺

這地方本來就常發生地震。

こちらは（　　）地震（じしん）が多い。

解答　❶ A: 本来　❷ A: 本来　❸ A: 元来　❹ A: 本来　❺ A: 元来

第二章

準確描述篇

學習日語已經有一段時間了，但說起日語還是有種隔靴搔癢的感覺嗎？本篇章的副詞可以讓你的日語能力再進化，描述事情更加詳盡細緻，藉由本篇的副詞將你的日語語感建立起來。會說日語不夠，會說漂亮的日語才厲害！

P184~P275

むしろ

mu.shi.ro

正式

日常

與其…不如…、寧可…

1

私は華やかでハンサムな雄輝くんより、むしろ地味な颯太くんの方に惹かれる。

wa.ta.shi.wa.ha.na.ya.ka.de.ha.n.sa.mu.na.yu.u.ki.ku.n.yo.ri、mu.shi.ro.ji.mi.na.so.o.ta.ku.n.no.ho.o.ni.hi.ka.re.ru。

跟亮眼英俊的雄輝比起來，

我反而比較受純樸的颯太吸引。

2

最近ではニートは裕福な家庭よりむしろ経済的に苦しい家庭から生まれてくるようだ。

sa.i.ki.n.de.wa.ni.i.to.wa.yu.u.fu.ku.na.ka.te.i.yo.ri.mu.shi.ro.ke.i.za.i.te.ki.ni ku.ru.shi.i.ka.te.i.ka.ra.u.ma.re.te.ku.ru.yo.o.da。

近來，出身於貧困家庭的尼特族反而比出身富裕的要多。

3

この飾(かざ)りはむしろない方(ほう)が

すっきりしていいんじゃない？

ko.no.ka.za.ri.wa.mu.shi.ro.na.i.ho.o.ga
su.k.ki.ri.shi.te.i.i.n.ja.na.i?

妳不覺得這個東西拿掉

還比較清爽嗎？

4

うちの犬(いぬ)は

ぼくよりむしろ妻(つま)に

懐(なつ)いています。

u.chi.no.i.nu.wa
bo.ku.yo.ri.mu.shi.ro.tsu.ma.ni
na.tsu.i.te.i.ma.su。

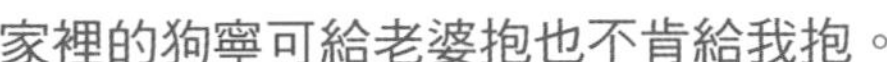

家裡的狗寧可給老婆抱也不肯給我抱。

5

地震(じしん)の発生時(はっせいじ)は大(おお)きな建物(たてもの)の中(なか)で

じっとしていた方(ほう)がむしろ安全(あんぜん)です。

ji.shi.n.no.ha.s.se.i.ji.wa.o.o.ki.na.ta.te.mo.no.no.na.ka.dc.
ji.t.to.shi.te.i.ta.ho.o.ga.mu.shi.ro.a.n.ze.n.de.su。

地震發生的時候，

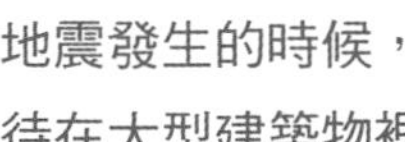

待在大型建築物裡還比較安全。

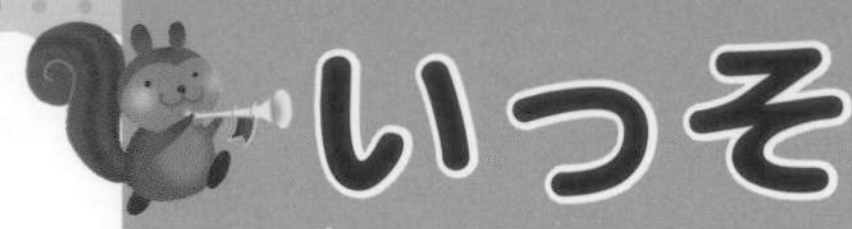

いっそ

i.s.so

乾脆…、倒不如…

1

そんなに仕事(しごと)に
不満(ふまん)ばかりいうくらいなら、
いっそやめればいいじゃないですか。

so.n.na.ni.shi.go.to.ni
fu.ma.n.ba.ka.ri.i.u.ku.ra.i.na.ra、
i.s.so.ya.me.re.ba.i.i.ja.na.i.de.su.ka。

真對工作那麼不滿的話，乾脆辭職算了。

2

いっそ思(おも)い切(き)って彼(かれ)に
好(す)きだと告白(こくはく)してみれば？

i.s.so.o.mo.i.ki.t.te.ka.re.ni
su.ki.da.to.ko.ku.ha.ku.shi.te.mi.re.ba?

乾脆下定決心跟他告白如何？

3

あなたと別(わか)れるくらいなら、
いっそ死(し)んだ方(ほう)がましです。

a.na.ta.to.wa.ka.re.ru.ku.ra.i.na.ra、
i.s.so.shi.n.da.ho.o.ga.ma.shi.de.su。

跟妳分開的話，倒不如死了算了。

注意！

- いっそ是強調「兩相比較之下，下定決心擇其一」的副詞。
- 日本情人節是女生送心儀的男生巧克力，因此由男生在情人節送女生巧克力便稱為逆(ぎゃく)チョコ。

4

「待つよりもいっそあげよう」と男性から女性にチョコレートを贈る「逆チョコ」も売られるようになりました。

「ma.tsu.yo.ri.mo.i.s.so.a.ge.yo.o」to da.n.se.i.ka.ra.jo.se.i.ni.cho.ko.re.e.to.o o.ku.ru「gya.ku.cho.ko」mo u.ra.re.ru.yo.o.ni.na.ri.ma.shi.ta。

「與其被動等待，乾脆主動出擊」。現在由男生送巧克力給女生的「GYAKUCHOKO」也開始販賣了。

このまま髪を伸ばすかどうか悩んでいるんです。

ko.no.ma.ma.ka.mi.o.no.ba.su.ka.do.o.ka.na.ya.n.de.i.ru.n.de.su。

我在煩惱頭髮要留長好還是剪短好。

いっそボブにしてみてはいかがですか？
意外と似合うと思いますよ。

i.s.so.bo.bu.ni.shi.te.mi.te.wa.i.ka.ga.de.su.ka?
i.ga.i.to.ni.a.u.to.o.mo.i.ma.su.yo。

乾脆試試鮑伯頭如何？我想會意外地適合喔！

まるで

ma.ru.de

正式

日常

簡直是…、宛如…

075 MP3

1

あ～気持(きも)ちいい。
まるで天国(てんごく)にいるみたいです。

a～ ki.mo.chi.i.i。
ma.ru.de.te.n.go.ku.ni.i.ru.mi.ta.i.de.su。

啊～好舒服。簡直像在天堂一樣。

2

彼女(かのじょ)はまるでモデルのように
スタイル抜群(ばつぐん)だ。

ka.no.jo.wa.ma.ru.de.mo.de.ru.no.yo.o.ni.
su.ta.i.ru.ba.tsu.gu.n.da。

她簡直像模特兒一般外型出眾。

3

まるで天使(てんし)のような赤(あか)ちゃん。

ma.ru.de.te.n.shi.no.yo.o.na.a.ka.cha.n。

宛如天使般的嬰兒。

4

まるで本物(ほんもの)みたいに
よくできていますね。

ma.ru.de.ho.n.mo.no.mi.ta.i.ni
yo.ku.de.ki.te.i.ma.su.ne。

宛如真品一樣仿得維妙維肖呢！

來對話吧！

正子(まさこ)さん、これ私(わたし)の娘(むすめ)の百合子(ゆりこ)です。
ma.sa.ko.sa.n、ko.re.wa.ta.shi.no.mu.su.me.no.yu.ri.ko.de.su。
正子小姐，這是我女兒百合子。

まあ！まるで若(わか)い頃(ころ)のあなたと生(い)き写(うつ)しみたいにそっくりね！
ma.a! ma.ru.de.wa.ka.i.ko.ro.no.a.na.ta.to.i.ki.u.tsu.shi.mi.ta.i.ni.
so.k.ku.ri.ne!
哎呀！簡直是妳年輕時的翻版，好像呢！

あたかも

a.ta.ka.mo

正式

宛如…

076
MP3

1

あの日(ひ)のことは
あたかも昨日(きのう)のことのように
覚(おぼ)えています。

a.no.hi.no.ko.to.wa
a.ta.ka.mo.ki.no.o.no.ko.to.no.yo.o.ni
o.bo.e.te.i.ma.su。

那天的事
就宛如昨天才發生一般，
還記憶猶新。

2

厳島神社(いつくしまじんじゃ)の鳥居(とりい)は
あたかも海(うみ)の上(うえ)に浮(う)かんでいるかのようだ。

i.tsu.ku.shi.ma.ji.n.ja.no.to.ri.i.wa
a.ta.ka.mo.u.mi.no.u.e.ni.u.ka.n.de.i.ru.ka.no.yo.o.da。

嚴島神社的鳥居宛如浮在海面上一般。

3

彼(かれ)はあたかも自分(じぶん)で見(み)てきたかのように古代(こだい)ローマ人(じん)の生活(せいかつ)を生(い)き生(い)きと語(かた)った。

ka.re.wa.a.ta.ka.mo.ji.bu.n.de
mi.te.ki.ta.ka.no.yo.o.ni
ko.da.i.ro.o.ma.ji.n.no.se.i.ka.tsu.o
i.ki.i.ki.to.ka.ta.t.ta。

他就宛如是自己親眼所見一般，
活靈活現地描述著古羅馬人的生活。

4

孤独(こどく)な老人(ろうじん)にあたかも本当(ほんとう)の孫(まご)のように取(と)り入(い)るのが訪問詐欺(ほうもんさぎ)の手口(てぐち)です。

ko.do.ku.na.ro.o.ji.n.ni.a.ta.ka.mo.ho.n.to.o.no.ma.go.no.yo.o.ni
to.ri.i.ru.no.ga.ho.o.mo.n.sa.gi.no.te.gu.chi.de.su。

宛如親生孫子般對孤單老人大獻殷勤
是訪問詐欺的一種手法。

いかにも

i.ka.ni.mo

正式　日常

的確是…、確實、實在是…

077 MP3

1

いかにもお水（みず）っぽいファッション。

i.ka.ni.mo.o.mi.zu.p.po.i.fa.s.sho.n。

的確滿像是在聲色場所工作的穿著。

2

いかにもクリスマスという感（かん）じの曲（きょく）。

i.ka.ni.mo.ku.ri.su.ma.su.to.i.u.ka.n.ji.no.kyo.ku。

非常有聖誕節氣息的歌曲。

3

いかにも優(やさ)しそうな笑顔(えがお)にだまされました。

i.ka.ni.mo.ya.sa.shi.so.o.na.e.ga.o.ni.da.ma.sa.re.ma.shi.ta。

實在是被那個溫柔的笑容給騙了！

4

いかにも高(たか)そうなホテルだなあ。

i.ka.ni.mo.ta.ka.so.o.na.ho.te.ru.da.na.a。

看來的確是很昂貴的旅館呢。

注意！

- いかにも有很明顯是～、和預想的一樣～的意思。
- お水(みず)＝水商売(みずしょうばい)＝聲色場所

さも

sa.mo

正式　日常

好像、似乎、彷彿…

078 MP3

1

裏付(うらづ)け取材(しゅざい)なしにさも自分(じぶん)で見(み)てきたように記事(きじ)を書(か)いてはならない。

u.ra.zu.ke.shu.za.i.na.shi.ni.sa.mo.ji.bu.n.de
mi.te.ki.ta.yo.o.ni.ki.ji.o
ka.i.te.wa.na.ra.na.i。

沒有深入蒐集資料就寫得彷彿自己親眼所見一般，這樣憑空杜撰是不行的。

2

あの人(ひと)はさもわかったような顔(かお)をして聞(き)いていたけど、結局(けっきょく)なにもわかってくれてはいなかったようだ。

a.no.hi.to.wa.sa.mo.wa.ka.t.ta.yo.o.na.ka.o.o
shi.te.ki.i.te.i.ta.ke.do、
ke.k.kyo.ku.na.ni.mo.wa.ka.t.te.ku.re.te.wa
i.na.ka.t.ta.yo.o.da。

那個人擺出一副彷彿感同身受般的表情聽我述說著，結果卻完全不瞭解。

3

祖母(そぼ)はさも満足(まんぞく)そうな笑顔(えがお)を浮(う)かべた。

so.bo.wa.sa.mo.ma.n.zo.ku.so.o.na.e.ga.o.o.u.ka.be.ta。

祖母的臉上浮現彷彿很滿足的笑容。

4

子(こ)どもたちはできたてのパンをさもおいしそうに頬張(ほおば)っていました。

ko.do.mo.ta.chi.wa.de.ki.ta.te.no.pa.n.o sa.mo.o.i.shi.so.o.ni.ho.o.ba.t.te.i.ma.shi.ta。

小孩子們大口吃著
似乎很美味的剛出爐麵包。

5

敗(やぶ)れた選手(せんしゅ)はさもくやしそうだった。

ya.bu.re.ta.se.n.shu.wa.sa.mo.ku.ya.shi.so.o.da.t.ta。

落敗的選手似乎很不甘心。

さらに

sa.ra.ni

正式　日常

更、越、再…

079 MP3 

彼女(かのじょ)はパフェを食(た)べた後(あと)、
さらにかき氷(ごおり)を注文(ちゅうもん)した。

ka.no.jo.wa.pa.fu.e.o.ta.be.ta.a.to、
sa.ra.ni.ka.ki.go.o.ri.o.chu.u.mo.n.shi.ta。

她吃了冰淇淋百匯後，
又再加點了剉冰。

妻(つま)は
結婚当時(けっこんとうじ)からさらに太(ふと)った。

tsu.ma.wa
ke.k.ko.n.to.o.ji.ka.ra.sa.ra.ni.fu.to.t.ta。

老婆跟結婚時比起來變更胖了。

彼女(かのじょ)はミスユニバースを
目指(めざ)して美(うつく)しさにさらに磨(みが)きを掛(か)けた。

ka.no.jo.wa.mi.su.yu.ni.ba.a.su.o
me.za.shi.te.u.tsu.ku.shi.sa.ni.sa.ra.ni.mi.ga.ki.o.ka.ke.ta。

她立志成為環球小姐後，
更花心思在對美麗的追求上。

4

日本語をさらに勉強するため、大学院へ進学することにした。

ni.ho.n.go.o.sa.ra.ni.be.n.kyo.o.su.ru.ta.me、da.i.ga.ku.i.n.e.shi.n.ga.ku.su.ru.ko.to.ni.shi.ta。

為了讓日語更精進，我決定攻讀研究所。

來對話吧！

やっと鳥山さんの村に着いたんですね！

ya.t.to.to.ri.ya.ma.sa.n.no.mu.ra.ni.tsu.i.ta.n.de.su.ne!

終於到了鳥山小姐家的村莊了吧！

私の家はここからさらに 10 キロ山奥に入ったところです。

wa.ta.shi.no.u.chi.wa.ko.ko.ka.ra.sa.ra.ni.ju.k.ki.ro.ya.ma.o.ku.ni ha.i.t.ta.to.ko.ro.de.su。

我家是從這裡再往裡面走 10 公里的深山喔！

ええっ… !?

e.e…!?

什麼…!?

もっと

mo.t.to

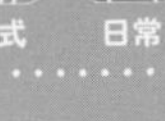

正式　日常

再、更…

080 MP3

1 <ruby>遠慮<rt>えんりょ</rt></ruby>しないでもっと<ruby>食<rt>た</rt></ruby>べてください。

e.n.ryo.shi.na.i.de.mo.t.to.ta.be.te.ku.da.sa.i。

不要客氣請再多吃一點。

2 もっとお<ruby>金<rt>かね</rt></ruby>を<ruby>貯<rt>た</rt></ruby>めて、<ruby>留学<rt>りゅうがく</rt></ruby>したい。

mo.t.to.o.ka.ne.o.ta.me.te、ryu.u.ga.ku.shi.ta.i。

再多存一點錢，我想去留學。

3

もっと急いでください！

mo.t.to.i.so.i.de.ku.da.sa.i!

請再開快一點！

4

外は寒いから、
もっと暖かい格好をした方がいいよ。

so.to.wa.sa.mu.i.ka.ra、
mo.t.to.a.ta.ta.ka.i.ka.k.ko.o.o.shi.ta.ho.o.ga.i.i.yo。

外面很冷，再多穿點吧！

5

眠い…もっと寝かせて～。

ne.mu.i…mo.t.to.ne.ka.se.te～。

好睏…再讓我睡一下～。

それに

so.re.ni

正式　日常

而且…、還有

081 MP3

この部屋は日当たり良好、
それに駅からも近くていいですよ。

ko.no.he.ya.wa.hi.a.ta.ri.ryo.o.ko.o、
so.re.ni.e.ki.ka.ra.mo.chi.ka.ku.te.i.i.de.su.yo。

這個房間陽光充足，
而且離車站也很近，真不錯。

2

ロンドンやアントワープ、
それにベルリンでも
暮らしたことがあります。

ro.n.do.n.ya.a.n.to.wa.a.pu、
so.re.ni.be.ru.ri.n.de.mo
ku.ra.shi.ta.ko.to.ga.a.ri.ma.su。

我曾住過倫敦、安特衛普還有柏林。

3

箱の中には子猫が 5 匹、
それに手紙が入っていた。

ha.ko.no.na.ka.ni.wa.ko.ne.ko.ga.go.hi.ki、
so.re.ni.te.ga.mi.ga.ha.i.t.te.i.ta。

箱子裡有 5 隻小貓，還有一封信。

④ 話題の店やスポット、それに最新のファッション情報もてんこ盛りの雑誌。

wa.da.i.no.mi.se.ya.su.po.t.to、so.re.ni.sa.i.shi.n.no.fa.s.sho.n.jo.o.ho.o.mo te.n.ko.mo.ri.no.za.s.shi。

豐富收錄話題商店、景點，還有最新流行時尚的雜誌。

來對話吧！

シーザーサラダと野菜カレー、それに紅茶をお願いします。

shi.i.za.a.sa.ra.da.to.ya.sa.i.ka.re.e、so.re.ni.ko.o.cha.o o.ne.ga.i.shi.ma.su。

我要點凱薩沙拉、蔬菜咖哩還有紅茶。

かしこまりました。

ka.shi.ko.ma.ri.ma.shi.ta。

我知道了。

その上（うえ）

so.no.u.e

正式　日常

而且…、還…

082 MP3

1

彼女（かのじょ）は美人（びじん）で気立（きだ）てがよく、その上（うえ）働（はたら）き者（もの）です。

ka.no.jo.wa.bi.ji.n.de.ki.da.te.ga.yo.ku、so.no.u.e.ha.ta.ra.ki.mo.no.de.su。

她是個美女，氣質好還很勤快。

2

ご馳走（ちそう）になり、その上（うえ）こんなに
おみやげまでいただいて恐縮（きょうしゅく）です。

go.chi.so.o.ni.na.ri、so.no.u.e.ko.n.na.ni
o.mi.ya.ge.ma.de.i.ta.da.i.te.kyo.o.shu.ku.de.su。

承蒙您的招待，還收到這麼好的
名產真是不好意思。

3

コンパクトで軽量、
その上使いやすいデジカメがほしい。

ko.n.pa.ku.to.de.ke.i.ryo.o、
so.no.u.e.tsu.ka.i.ya.su.i.de.ji.ka.me.ga.ho.shi.i。

我想要外型輕巧，
而且方便使用的數位相機。

4

前の夫は酒癖が悪く、
その上ギャンブル狂いでした。

ma.e.no.o.t.to.wa.sa.ke.gu.se.ga.wa.ru.ku、
so.no.u.e.gya.n.bu.ru.gu.ru.i.de.shi.ta。

前夫酒品不好而且還很好賭。

注意！

その上肯定否定皆適用，この上則用在「不可以再…」、「無法再…」等否定意味的文句。

- あなたにはさんざんお世話になったのに、この上ご迷惑はお掛けできません。

  a.na.ta.ni.wa.sa.n.za.n.o.se.wa.ni.na.t.ta.no.ni、ko.no.u.e.go.me.i.wa.ku.wa.o.ka.ke.de.ki.ma.se.n。

  受到您許多的照顧，不能再這樣給您帶來困擾。

そればかりか

so.re.ba.ka.ri.ka

正式　日常

甚至…

083 MP3

1

新築したばかりの家が
もう雨漏りするようになった。
そればかりか少し傾いているようだ。

shi.n.chi.ku.shi.ta.ba.ka.ri.no.i.e.ga
mo.o.a.ma.mo.ri.su.ru.yo.o.ni.na.t.ta。
so.re.ba.ka.ri.ka.su.ko.shi.ka.ta.mu.i.te.i.ru.yo.o.da。

剛蓋好的房子馬上就在漏水，甚至還微微傾斜了。

2

仕事のストレスで胃潰瘍になった。
そればかりか円形脱毛症になった。

shi.go.to.no.su.to.re.su.de.i.ka.i.yo.o.ni.na.t.ta。
so.re.ba.ka.ri.ka.e.n.ke.i.da.tsu.mo.o.sho.o.ni.na.t.ta。

工作壓力導致胃潰瘍，甚至還有了圓形禿。

3

徹夜で宿題をして寝坊した。
そればかりかその宿題を
忘れて登校した。

te.tsu.ya.de.shu.ku.da.i.o.shi.te.ne.bo.o.shi.ta。
so.re.ba.ka.ri.ka.so.no.shu.ku.da.i.o
wa.su.re.te.to.o.ko.o.shi.ta。

熬夜做作業不只早上睡過頭，
還把作業忘在家裡就直接去上學了。

4 旅先で知りあった現地のおばさんが自宅で食事を振る舞ってくれた。
そればかりかぜひ泊まっていくようにと言ってくれた。

ta.bi.sa.ki.de.shi.ri.a.t.ta.ge.n.chi.no.o.ba.sa.n.ga.ji.ta.ku.de.sho.ku.ji.o fu.ru.ma.t.te.ku.re.ta。
so.re.ba.ka.ri.ka.ze.hi.to.ma.t.te.i.ku.yo.o.ni.to.i.t.te.ku.re.ta。

旅行的時候認識了當地的婆婆，她不只在自家招待我吃飯，
還請我務必要住下來。

5 庭に落ちたスイカの種から芽が出て勝手に育ちはじめた。
そればかりか夏には立派な実を付けた。

ni.wa.ni.o.chi.ta.su.i.ka.no.ta.ne.ka.ra.me.ga.de.te.ka.t.te.ni.so.da.chi.ha.ji.me.ta。
so.re.ba.ka.ri.ka.na.tsu.ni.wa.ri.p.pa.na.mi.o.tsu.ke.ta。

隨手栽種掉落在院子裡的西瓜種子，不只發了芽，
夏天時還結成了豐碩的果實呢。

なおさら

na.o.sa.ra

正式　日常

越…越…、更…

1

仏像が好き？
じゃあなおさら奈良に行くべきですよ。

bu.tsu.zo.o.ga.su.ki?
ja.a.na.o.sa.ra.na.ra.ni.i.ku.be.ki.de.su.yo。

你喜歡佛像啊？那就更應該去奈良走走了。

2

そんな暗い色の服を着ると、
なおさら老けて見えるよ。

so.n.na.ku.ra.i.i.ro.no.fu.ku.o.ki.ru.to、
na.o.sa.ra.fu.ke.te.mi.e.ru.yo。

穿那麼暗色系的衣服，
看起來更顯老喔。

3

人は見てはいけないと言われると、
なおさら見たくなるものだ。

hi.to.wa.mi.te.wa.i.ke.na.i.to.i.wa.re.ru.to、
na.o.sa.ra.mi.ta.ku.na.ru.mo.no.da。

人是被越說不能看
就變得越想看的生物。

4

彼がお年寄りに優しく接するのを見て、
なおさら好きになりました。

ka.re.ga.o.to.shi.yo.ri.ni.ya.sa.shi.ku.se.s.su.ru.no.o.mi.te、
na.o.sa.ra.su.ki.ni.na.ri.ma.shi.ta。

看到他對年長者那麼親切，
就更喜歡他了。

來對話吧！

おまえにはきっともっといい彼女ができる！
男は顔じゃないんだから！

o.ma.e.ni.wa.ki.t.to.mo.t.to.i.i.ka.no.jo.ga.de.ki.ru!
o.to.ko.wa.ka.o.ja.na.i.n.da.ka.ra!

你一定可以交到更好的女朋友！男人不是靠臉的！

そう言われると、なおさら落ち込むよ…。

so.o.i.wa.re.ru.to、na.o.sa.ra.o.chi.ko.mu.yo…

怎麼被你這麼一說，我更難過了…

もっとも

mo.t.to.mo

正式　日常

但…就另當別論了、但…就不同了

085 MP3

1

このままではあなたは
不幸(ふこう)になります。
もっとも100万円(ひゃくまんえん)で
「幸福(こうふく)の壺(つぼ)」を
買(か)えば話(はなし)は別(べつ)ですが。

ko.no.ma.ma.de.wa.a.na.ta.wa.fu.ko.o.ni.na.ri.ma.su。
mo.t.to.mo.hya.ku.ma.n.e.n.de.「ko.o.fu.ku.no.tsu.bo」o
ka.e.ba.ha.na.shi.wa.be.tsu.de.su.ga。

再這樣下去妳會遭遇不幸的。
但花100萬日幣買個「幸福壺」一切就又另當別論了。

2

私(わたし)は人(ひと)にお金(かね)を貸(か)さないことにしています。
もっとも利子(りし)を
付(つ)けて返(かえ)してくれるなら話(はなし)は
別(べつ)ですが。

wa.ta.shi.wa.hi.to.ni.o.ka.ne.o
ka.sa.na.i.ko.to.ni.shi.te.i.ma.su。
mo.t.to.mo.ri.shi.o
tsu.ke.te.ka.e.shi.te.ku.re.ru.na.ra.ha.na.shi.wa
be.tsu.de.su.ga。

我不借人家錢的。
但如果有利息的話就另當別論了。

3

母の作る五目ちらし寿司は最高だ。
もっともよほど気が向いた時しか作ってくれないが。

ha.ha.no.tsu.ku.ru.go.mo.ku.chi.ra.shi.zu.shi.wa.sa.i.ko.o.da。
mo.t.to.mo.yo.ho.do.ki.ga.mu.i.ta.to.ki.shi.ka.tsu.ku.ra.na.i.ga。

媽媽做的五目散壽司最好吃了！
但頂多在心血來潮時才會做給我吃。

4

書籍の売り上げは新聞の売り上げランキングに影響されやすい。
もっとも今は書籍に限らず何でもランキングに
影響される傾向が強い。

sho.se.ki.no.u.ri.a.ge.wa.shi.n.bu.n.no.u.ri.a.ge.ra.n.ki.n.gu.ni.e.i.kyo.o.sa.re.ya.su.i。
mo.t.to.mo.i.ma.wa.sho.se.ki.ni.ka.gi.ra.zu.na.n.de.mo.ra.n.ki.n.gu.ni
e.i.kyo.o.sa.re.ru.ke.i.ko.o.ga.tsu.yo.i。

書籍的銷售量很容易受到報紙上的排行榜影響。
但事實上，不光是書，
不管對什麼都是具有影響力的。

5

私は時々旅に出ます。
もっともうまく休みが取れた時だけですが。

wa.ta.shi.wa.to.ki.do.ki.ta.bi.ni.de.ma.su。
mo.t.to.mo.u.ma.ku.ya.su.mi.ga.to.re.ta.to.ki.da.ke.de.su.ga。

我有時會去旅行。
但頂多只有在順利請到假的時候。

強(し)いて

shi.i.te

正式　日常

勉強、硬是…

086 MP3

1

強(し)いて他(ほか)に付(つ)け加(くわ)えることはありません。

shi.i.te.ho.ka.ni.tsu.ke.ku.wa.e.ru.ko.to.wa.a.ri.ma.se.n。

沒有什麼勉強需要補充的地方了。

2

来週(らいしゅう)ならいつでも大丈夫(だいじょうぶ)ですが、
強(し)いて言(い)えば金曜日(きんようび)がいいです。

ra.i.shu.u.na.ra.i.tsu.de.mo.da.i.jo.o.bu.de.su.ga、
shi.i.te.i.e.ba.ki.n.yo.o.bi.ga.i.i.de.su。

下個星期的話任何時候都可以，
硬要說的話，星期五最方便。

3

気(き)が向(む)かないパーティーなら、
強(し)いて行(い)かなくてもいいんじゃない？

ki.ga.mu.ka.na.i.pa.a.ti.i.na.ra、
shi.i.te.i.ka.na.ku.te.mo.i.i.n.ja.na.i?

不是很想去的 Party，
就不用勉強去了不是嗎？

4 彼女の欠点を強いて挙げるなら、少しがんばりすぎるところくらいです。

ka.no.jo.no.ke.t.te.n.o.shi.i.te.a.ge.ru.na.ra、
su.ko.shi.ga.n.ba.ri.su.gi.ru.to.ko.ro.ku.ra.i.de.su。

若勉強要舉出她的缺點，

大概就是太認真了吧！

來對話吧！

先生は犬と猫とどちらがお好きですか？

se.n.se.i.wa.i.nu.to.ne.ko.to.do.chi.ra.ga.o.su.ki.de.su.ka?

老師比較喜歡狗還是貓呢？

どちらも好きですよ。
でも強いて言うなら猫派かな。

do.chi.ra.mo.su.ki.de.su.yo。
de.mo.shi.i.te.i.u.na.ra.ne.ko.ha.ka.na。

我兩個都喜歡喔！但硬要說的話喜歡貓比較多吧。

敢(あ)えて

a.e.te

正式　日常

敢、膽敢；特地、特別…

087 MP3

1

株価暴落(かぶかぼうらく)の今(いま)、
敢(あ)えて投資(とうし)するのはなぜですか？

ka.bu.ka.bo.o.ra.ku.no.i.ma、
a.e.te.to.o.shi.su.ru.no.wa.na.ze.de.su.ka?

在股價暴跌的這個時機，
還敢於進場投資的原因為何呢？

2

敢(あ)えて危険(きけん)を冒(おか)すようなまねを
しないでください。

a.e.te.ki.ke.n.o.o.ka.su.yo.o.na.ma.ne.o
shi.na.i.de.ku.da.sa.i。

不要硬是去冒這個險。

3 ぼくは敢(あ)えて激辛(げきから)にチャレンジしてみるよ。

bo.ku.wa.a.e.te.ge.ki.ka.ra.ni.cha.re.n.ji.shi.te.mi.ru.yo。

我特地來挑戰超辣試試看看。

4

敢(あ)えて言(い)わせてもらいますが、
みなさんの認識(にんしき)は甘(あま)すぎます。

a.e.te.i.wa.se.te.mo.ra.i.ma.su.ga、
mi.na.sa.n.no.ni.n.shi.ki.wa.a.ma.su.gi.ma.su。

恕我直言，

大家的想法都太天真了！

5

敢(あ)えて相手(あいて)を傷(きず)つけるようなことを
言(い)わなくてもいいじゃないですか。

a.e.te.a.i.te.o.ki.zu.tsu.ke.ru.yo.o.na.ko.to.o.
i.wa.na.ku.te.mo.i.i.ja.na.i.de.su.ka?

不要特地去說傷害對方的話不是比較好嗎？

注意！

- 強(し)いて、敢(あ)えて有不顧困難、反而去執行的語感。類語有無理(むり)に：勉強、わざわざ：特地。
- 強(し)いて有 ”一定要…的話” 的意思。
- 敢(あ)えて有 ” 不用做也可以卻特地去做” 的意思。

更加精確補述篇

- もっと：更
- それに：而且
- その上（うえ）：而且
- そればかりか：而且…還…
- なおさら：所以更加…
- 強（し）いて：硬是…的話
- もっとも：但是…
- 敢（あ）えて：膽敢、恕我直言

副詞就像小螺絲，只要能正確的放入句子中，就可以讓你的日語說得更加順暢流利喔！

	副詞	場合	使用情況	Point
1	もっと mo.t.to 更…	正式 日常	不管何種場合都適用， 是最常使用的！	正負面皆可
2	それに so.re.ni 而且…	正式 日常	有並列多個的語感	A+B
3	その上（うえ） so.no.u.e 而且…	正式 日常	強調不只如此	除了A和B 還有C
4	そればかりか so.re.ba.ka.ri.ka 而且…還…	正式 日常	強調不只如此，還更…	除了A和B還有 程度更重的C
5	なおさら na.o.sa.ra …所以更加…	正式 日常	因為…的關係 所以更加…	在某特定條件 下更加…

❻ 強(し)いて shi.i.te 硬是…的話	正式	勉強來說的話	硬要說的話，A有一點B的傾向。
❼ もっとも mo.t.to.mo 但是	正式 日常	表示在一般條件之下特殊的例外情況。	一般來說是A，但某種情況下是B
❽ 敢(あ)えて a.e.te 恕我直言	正式	表示明明可以不用，卻…，是較正式的說法。	應付A綽綽有餘，但卻想挑戰或試試看B。

❶ もっと

mo.t.to

更…

不管日常生活中或是正式場合皆會用到

ごはんはもっと減(へ)らしてください。

go.ha.n.wa.mo.t.to.he.ra.shi.te.ku.da.sa.i。

飯的量請再少一點。

もっと食(た)べたいな。

mo.t.to.ta.be.ta.i.na。

我想再多吃一點。

2 それに
so.re.ni
而且…

有並列多個的語感

結婚おめでとう！
ご主人はどんな人なの？

ke.k.ko.n.o.me.de.to.o!
go.shu.ji.n.wa.do.n.na.hi.to.na.no?

恭喜妳結婚了！妳老公是什麼樣的人呢？

なかなかのイケメンよ♥
それに背も高いし。

na.ka.na.ka.no.i.ke.me.n.yo ♥
so.re.ni.se.mo.ta.ka.i.shi。

他非常帥唷♥而且還很高呢。

3 その上
so.no.u.e
而且…

強調不只如此

その上とってもやさしい人なんだ！。

so.no.u.e.to.t.te.mo.ya.sa.shi.i.hi.to.na.n.da！

不只如此，他還是個非常親切的好人喔！

④ そればかりか

so.re.ba.ka.ri.ka

而且…還…

強調不只如此，還更…

⑤ なおさら

na.o.sa.ra

…所以更加…

因為…的關係
所以更加…

この前も、道で倒れたおばあさんを介抱してあげたんだって、
そればかりかおばあさんをタクシーで家まで送ってあげたのよ。

ko.no.ma.e.mo、mi.chi.de.ta.o.re.ta.o.ba.a.sa.n.o.ka.i.ho.o.shi.te.a.ge.ta.n.da.t.te、so.re.ba.ka.ri.ka.o.ba.a.sa.n.o.ta.ku.shi.i.de.i.e.ma.de.o.ku.t.te.a.ge.ta.no.yo。

聽說他之前還曾經照顧暈倒在路上的老婆婆，
不只如此，他還攔計程車親自把老婆婆送到家門口呢！

それを聞いて、なおさら彼のことが好きになっちゃった♥

so.re.o.ki.i.te、na.o.sa.ra.ka.re.no.ko.to.ga.su.ki.ni.na.t.cha.t.ta ♥

知道了那件事之後，就更加深了對他的喜愛了♥

勉強來說的話

表示在一般條件之下
特殊的例外情況。

そんな人と出会えて、うらやまし～い！芸能人にたとえると、誰に似てる？

so.n.na.hi.to.to.de.a.e.te、u.ra.ya.ma.shi~i! ge.i.no.o.ji.n.ni.ta.to.e.ru.to、da.re.ni.ni.te.ru?

可以這麼棒的人相遇真是太令人羨慕了！若說用藝人來比喻的話，比較接近誰呢？

う～ん、そうね…強いて例えるなら岡田将生かな、
もっともうちのダンナの方が断然イケてるけどね。

u~n、so.o.ne…shi.i.te.ta.to.e.ru.na.ra.o.ka.da.ma.sa.ki.ka.na、
mo.t.to.mo.u.chi.no.da.n.na.no.ho.o.ga.da.n.ze.n.i.ke.te.ru.ke.do.ne。

嗯～硬要說的話大概是岡田將生那型的吧，
不過我老公當然是比他帥多啦！

彼(かれ)の写真(しゃしん)、見(み)たい?

ka.re.no.sha.shi.n、mi.ta.i ?

這是他的照片，妳想看看嗎？

見(み)たい、見(み)たい、
見(み)たい、見(み)たい！！

mi.ta.i、mi.ta.i、
mi.ta.i、mi.ta.i !!

想看！想看！想看！想看！！

8 敢(あ)えて a.e.te 恕我直言

表示明明可以不用，
卻…，是較正式的說法。

友(とも)だちだから敢(あ)えてはっきり言(い)わせてもらうけど、
それは単(たん)なる妻(つま)の欲目(よくめ)よ…

to.mo.da.chi.da.ka.ra.a.e.te.ha.k.ki.ri.i.wa.se.te.mo.ra.u.ke.do、
so.re.wa.ta.n.na.ru.tsu.ma.no.yo.ku.me.yo...

我們是好朋友所以請恕我直言，
這純粹是做老婆的妳情人眼裡出西施。

たとえば

ta.to.e.ba

正式  日常

假設、如果…

088 MP3 

1

たとえばハワイか南極(なんきょく)に行けるとしたら、
どちらに行(い)きたいですか？

ta.to.e.ba.ha.wa.i.ka.na.n.kyo.ku.ni.i.ke.ru.to.shi.ta.ra、
do.chi.ra.ni.i.ki.ta.i.de.su.ka?

假設可以選擇去南極或夏威夷的話，你想去哪裡呢？

2

たとえば明日(あした)地球(ちきゅう)が
滅亡(めつぼう)するとしたら、
みなさん今日(きょう)1日(いちにち)を
どうやって過(す)ごしますか？

ta.to.e.ba.a.shi.ta.chi.kyu.u.ga
me.tsu.bo.o.su.ru.to.shi.ta.ra、
mi.na.sa.n.kyo.o.i.chi.ni.chi.o
do.o.ya.t.te.su.go.shi.ma.su.ka?

假設明天就是世界末日，
那麼僅剩的這一天大家會做什麼呢？

③

たとえば友(とも)だちが悲(かな)しみに打(う)ちひしがれているとき、どのように接(せっ)すればいいのだろうか？

ta.to.e.ba.to.mo.da.chi.ga.ka.na.shi.mi.ni.u.chi.hi.shi.ga.re.te.i.ru.to.ki、do.no.yo.o.ni.se.s.su.re.ba.i.i.no.da.ro.o.ka?

如果朋友沉溺悲傷我該怎麼做才好呢？

④

たとえば今手元(いまてもと)に100万円(ひゃくまんえん)あったらどうしますか？

ta.to.e.ba.i.ma.te.mo.to.ni.hya.ku.ma.n.e.n.a.t.ta.ra.do.o.shi.ma.su.ka?

假設現在手上有100萬日圓的話，你會怎麼用呢？

⑤

たとえば東京(とうきょう)に住(す)むとしたら、どれくらいお金(かね)が掛(か)かるだろう。

ta.to.e.ba.to.o.kyo.o.ni.su.mu.to.shi.ta.ra、do.re.ku.ra.i.o.ka.ne.ga.ka.ka.ru.da.ro.o。

假設要住在東京的話，大概要花多少錢呢？

もし

mo.shi

正式　日常

如果…

089 MP3

1

もしここで諦(あきら)めたら、
これまでの苦労(くろう)が全部(ぜんぶ)水(みず)の泡(あわ)になってしまう。

mo.shi.ko.ko.de.a.ki.ra.me.ta.ra、
ko.re.ma.de.no.ku.ro.o.ga.ze.n.bu.mi.zu.no.a.wa.ni.na.t.te.shi.ma.u。

如果在這裡放棄的話，所有的辛苦就全部白費了。

2

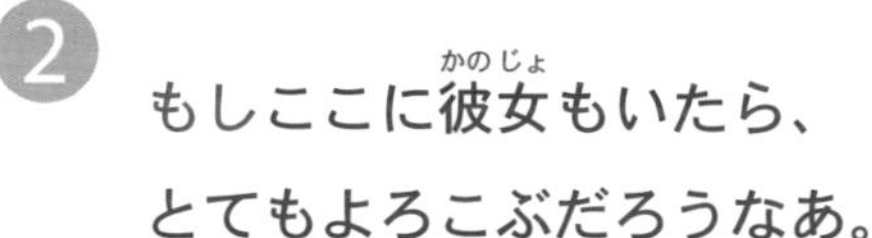

もしここに彼女(かのじょ)もいたら、
とてもよろこぶだろうなあ。

mo.shi.ko.ko.ni.ka.no.jo.mo.i.ta.ra、
to.te.mo.yo.ro.ko.bu.da.ro.o.na.a。

如果她也在這裡的話，
應該會很開心吧！

3

もし明日(あした)までに
間(ま)に合(あ)わなかったらどうしよう。

mo.shi.a.shi.ta.ma.de.ni.
ma.ni.a.wa.na.ka.t.ta.ra.do.o.shi.yo.o。

如果明天之前趕不出來的話怎麼辦？

4

もし願(ねが)いが叶(かな)うなら、
あの人(ひと)に振(ふ)り向(む)いてもらいたい。

mo.shi.ne.ga.i.ga.ka.na.u.na.ra、
a.no.hi.to.ni.fu.ri.mu.i.te.mo.ra.i.ta.i。

如果願望能實現的話，
我希望他能回心轉意。

來對話吧！

もし私(わたし)が死(し)んだら、悲(かな)しんでくれる？
mo.shi.wa.ta.shi.ga.shi.n.da.ra、ka.na.shi.n.de.ku.re.ru?
如果我死了的話，你會為我悲傷嗎？

当(あ)たり前(まえ)じゃないか！
そんなこと冗談(じょうだん)でも言(い)わないでくれ。
a.ta.ri.ma.e.ja.na.i.ka!
so.n.na.ko.to.jo.o.da.n.de.mo.i.wa.na.i.de.ku.re。
當然啦！這種話就算是開玩笑也不要隨便亂說。

仮に

ka.ri.ni

正式　日常

假如、假設…

090 MP3

1

仮に私が犯人だとしたら、
犯行の動機は一体何だというのですか？

ka.ri.ni.wa.ta.shi.ga.ha.n.ni.n.da.to.shi.ta.ra、
ha.n.ko.o.no.do.o.ki.wa.i.t.ta.i.na.n.da.to.i.u.no.de.su.ka?

如果我是犯人的話，
那犯罪動機到底是什麼？

2

こんなところから落ちたら、
仮に死ななかったとしても
瀕死の重傷を負うだろう。

ko.n.na.to.ko.ro.ka.ra.o.chi.ta.ra、
ka.ri.ni.shi.na.na.ka.t.ta.to.shi.te.mo
hi.n.shi.no.ju.u.sho.o.o.o.u.da.ro.o。

從這種地方掉下去的話，
就算沒死也只剩半條命吧！

3

仮に新幹線を使わないで行くとしたら、
どれくらいの時間が掛かるだろうか？

ka.ri.ni.shi.n.ka.n.se.n.o
tsu.ka.wa.na.i.de.i.ku.to.shi.ta.ra、
do.re.ku.ra.i.no.ji.ka.n.ga.ka.ka.ru.da.ro.o.ka?

假設不搭新幹線去的話，
大概要花多少時間呢？

4

仮にあなたが私の立ち場だったら、
どうしたと思いますか？

ka.ri.ni.a.na.ta.ga.wa.ta.shi.no.ta.chi.ba.da.t.ta.ra、
do.o.shi.ta.to.o.mo.i.ma.su.ka?

假如站在我的立場，妳會怎麼做呢？

5

仮にこの中から好みのタイプを
ひとり選ぶとしたら、
どの人ですか？

ka.ri.ni.ko.no.na.ka.ka.ra.ko.no.mi.no.ta.i.pu.o
hi.to.ri.e.ra.bu.to.shi.ta.ra、
do.no.hi.to.de.su.ka?

假設在這之中選一位妳喜歡的類型，
會是那一位呢？

万が一

ma.n.ga.i.chi

正式　日常

萬一…

091 MP3 

そんな危ないことをして、
万が一怪我でもしたらどうするの！

so.n.na.a.bu.na.i.ko.to.o.shi.te、
ma.n.ga.i.chi.ke.ga.de.mo.shi.ta.ra.do.o.su.ru.no!

做那麼危險的事，萬一受傷的話怎麼辦！

2

万が一サメが襲ってきても、
この中にいれば大丈夫です。

ma.n.ga.i.chi.sa.me.ga.o.so.t.te.ki.te.mo、
ko.no.na.ka.ni.i.re.ba.da.i.jo.o.bu.de.su。

待在這裡面
萬一被鯊魚攻擊了也沒關係。

3

こんなところを万が一先生に
見つかったら大変だ。

ko.n.na.to.ko.ro.o.ma.n.ga.i.chi.se.n.se.i.ni
mi.tsu.ka.t.ta.ra.ta.i.he.n.da。

這時候萬一被老師發現就糟了。

4

万が一失敗したらどうしよう。

ma.n.ga.i.chi.shi.p.pa.i.shi.ta.ra.do.o.shi.yo.o?

萬一失敗的話怎麼辦？

5

万が一なにか問題がありましたら、
すぐに製品を
弊社へ着払いでお送りください。

ma.n.ga.i.chi.na.ni.ka.mo.n.da.i.ga.a.ri.ma.shi.ta.ra、
su.gu.ni.se.i.hi.n.o
he.i.sha.e.cha.ku.ba.ra.i.de.o.o.ku.ri.ku.da.sa.i。

萬一有什麼問題請立刻
以收件人付款的方式寄回本公司。

たとえ

ta.to.e

正式　日常

就算…也…、不管…也…

092 MP3

1

私はたとえ何があってもあなたの味方ですよ。

wa.ta.shi.wa.ta.to.e.na.ni.ga.a.t.te.mo.
a.na.ta.no.mi.ka.ta.de.su.yo。

不管發生什麼事，
我還是會支持妳的！

2

たとえどんなにお金を持っていても、
幸せとは限らない。

ta.to.e.do.n.na.ni.o.ka.ne.o.mo.t.te.i.te.mo、
shi.a.wa.se.to.wa.ka.gi.ra.na.i。

就算再怎麼有錢，也不一定會幸福。

3

たとえ雨（あめ）が降（ふ）ろうが槍（やり）が降（ふ）ろうが絶対（ぜったい）行（い）きます！

ta.to.e.a.me.ga.fu.ro.o.ga.ya.ri.ga.fu.ro.o.ga.ze.t.ta.i.i.ki.ma.su!

不管遇到再大的阻礙，我也一定要去！

4

たとえ大地震（だいじしん）が来（こ）ようとも、
この建物（たてもの）はびくともしません。

ta.to.e.da.i.ji.shi.n.ga.ko.yo.o.to.mo、
ko.no.ta.te.mo.no.wa.bi.ku.to.mo.shi.ma.se.n。

就算發生大地震，
這個建築物也不會有一絲動搖。

注意！

たとえ雨（あめ）が降（ふ）ろうが槍（やり）が降（ふ）ろうが這句諺語的意思是強調，不管再怎麼困難也務必要達成的堅定心情。

たった

ta.t.ta

正式

日常

只有

093 MP3

1

たった5人しか集まらなかった。

ta.t.ta.go.ni.n.shi.ka.a.tsu.ma.ra.na.ka.t.ta。

只來了 5 個人。

2

私を信じてくれたのは、彼たったひとりだった。

wa.ta.shi.o.shi.n.ji.te.ku.re.ta.no.wa、ka.re.ta.t.ta.hi.to.ri.da.t.ta。

只有他一個人相信我。

③

財布には
たった10円しか残っていない。

sa.i.fu.ni.wa
ta.t.ta.ju.u.e.n.shi.ka.no.ko.t.te.i.na.i。

錢包裡只剩10圓日幣。

④

この夏のボーナスは
たったこれだけか…

ko.no.na.tsu.no.bo.o.na.su.wa
ta.t.ta.ko.re.da.ke.ka…

今年的夏季津貼只有這樣呀…

⑤

「ごめんなさい」のたった一言がなかなか言えない。

「go.me.n.na.sa.i」no.ta.t.ta.hi.to.ko.to.ga.na.ka.na.ka.i.e.na.i。

只是一句「對不起」，卻很難說出口。

ほんの

ho.n.no

正式

日常

一點點…

094 MP3

1

ほんの少(すこ)しだけいただきます。

ho.n.no.su.ko.shi.da.ke.i.ta.da.ki.ma.su。

麻煩一點點就可以了。

2

塩(しお)を

ほんのひとつまみ入(い)れてください。

shi.o.o.ho.n.no.hi.to.tsu.ma.mi.i.re.te.ku.da.sa.i。

請放入一小撮鹽。

3

これはほんのつまらない物(もの)ですが、

よかったらみなさんでお召(め)し上(あ)がりください。

ko.re.wa.ho.n.no.tsu.ma.ra.na.i.mo.no.de.su.ga、
yo.ka.t.ta.ra.mi.na.sa.n.de.o.me.shi.a.ga.ri.ku.da.sa.i。

這一點小東西，不嫌棄的話請大家一起享用。

4

彼(かれ)はほんの些細(ささい)なことですぐ怒(おこ)り出(だ)す。

ka.re.wa.ho.n.no.sa.sa.i.na.ko.to.de.su.gu.o.ko.ri.da.su。

他常為了一點小事就大動肝火。

來對話吧！

どうして万引(まんび)きなんかしたんです！

do.o.shi.te.ma.n.bi.ki.na.n.ka.shi.ta.n.de.su!

為什麼順手牽羊亂偷東西！

ほんの出来心(できごころ)だったんです。

ho.n.no.de.ki.go.ko.ro.da.t.ta.n.de.su。

只是一時衝動。

わずか

正式

僅僅、只

095 MP3

私たちはわずかしかない食糧を分け合って救助を待った。

wa.ta.shi.ta.chi.wa.wa.zu.ka.shi.ka.na.i.sho.ku.ryo.o.o wa.ke.a.t.te.kyu.u.jo.o.ma.t.ta。

我們平分僅剩的一點糧食等待救援。

この大荷物をわずか 3 人で運ばなくてはならないんですか？

ko.no.o.o.ni.mo.tsu.o wa.zu.ka.sa.n.ni.n.de.ha.ko.ba.na.ku.te.wa na.ra.na.i.n.de.su.ka?

這麼多東西只請 3 個人搬嗎？

3

1位と2位の差はわずか0.3秒だった。

i.chi.i.to.ni.i.no.sa.wa
wa.zu.ka.re.i.te.n.sa.n.byo.o.da.t.ta。

第一名和第二名差距只有僅僅 0.3 秒。

今年も残りわずかになりましたね。

ko.to.shi.mo.no.ko.ri.wa.zu.ka.ni.na.ri.ma.shi.ta.ne。

今年也只剩幾天而已呢！

5

ツアーでぞろぞろ行った場所のことはわずかしか覚えていない。

tsu.a.a.de.zo.ro.zo.ro.i.t.ta.ba.sho.no.ko.to.wa.wa.zu.ka.shi.ka.o.bo.e.te.i.na.i。

一行人跟團走馬看花的去了許多地方，但還記得的卻只有一點點。

せいぜい

se.i.ze.i

正式　日常

頂多、充其量也…

096
MP3

1

人間は長くてもせいぜい
120 歳くらいまでしか生きられない。

ni.n.ge.n.wa.na.ga.ku.te.mo.se.i.ze.i.
hya.ku.ni.ju.s.sa.i.ku.ra.i.ma.de.shi.ka.i.ki.ra.re.na.i。

人類再長壽也頂多活到 120 歲左右。

2

この部屋には
せいぜい４人くらいしか入れない。

ko.no.he.ya.ni.wa
se.i.ze.i.yo.ni.n.ku.ra.i.shi.ka.ha.i.re.na.i。

這個房間裡充其量只能容納 4 個人。

3

私（わたし）にできることは
せいぜいこんなことくらいです。

wa.ta.shi.ni.de.ki.ru.ko.to.wa
se.i.ze.i.ko.n.na.ko.to.ku.ra.i.de.su。

我能做的頂多也就如此而已。

せいぜい２年（にねん）くらいしか使（つか）って
いないテレビが壊（こわ）れた。

se.i.ze.i.ni.ne.n.ku.ra.i.shi.ka.tsu.ka.t.te.
i.na.i.te.re.bi.ga.ko.wa.re.ta。

頂多才用了兩年的電視就這麼壞了。

私（わたし）はいくらがんばってもせいぜい
補欠（ほけつ）くらいにしかなれません。

wa.ta.shi.wa.i.ku.ra.ga.n.ba.t.te.mo.se.i.ze.i.
ho.ke.tsu.ku.ra.i.ni.shi.ka.na.re.ma.se.n。

我再怎麼努力頂多也只能當個候補選手而已。

たかだか

ta.ka.da.ka

正式

頂多、充其量只有…

097 MP3

1

この品(しな)はたかだか
三万円(さんまんえん)くらいの物(もの)でしょう。

ko.no.shi.na.wa.ta.ka.da.ka
sa.n.ma.n.n.e.n.ku.ra.i.no.mo.no.de.sho.o。

這東西充其量只有

3 萬圓日幣的價值吧。

2

たかだか 500 円(ごひゃくえん)の
負担金(ふたんきん)ぐらいでも出(だ)し渋(しぶ)る人(ひと)が多(おお)い。

ta.ka.da.ka.go.hya.ku.e.n.no
fu.ta.n.ki.n.gu.ra.i.de.mo.da.shi.shi.bu.ru.hi.to.ga.o.o.i。

頂多只需負擔 500 日圓的費用，

但卻不爽快繳交的人很多。

③

この本(ほん)によると、企業(きぎょう)の繁栄(はんえい)は
たかだか３０(さんじゅう)年程度(ねんていど)ということです。

ko.no.ho.n.ni.yo.ru.to、ki.gyo.o.no.ha.n.e.i.wa
ta.ka.da.ka.sa.n.ju.u.ne.n.te.i.do.to.i.u.ko.to.de.su。

根據這本書所言，企業的繁榮頂多 30 年。

④

たかだか 5(ご) キロくらいの荷物(にもつ)を運(はこ)ぶのに、
そんなに文句(もんく)を言(い)わないで。

ta.ka.da.ka.go.ki.ro.ku.ra.i.no.ni.mo.tsu.o.ha.ko.bu.no.ni、
so.n.na.ni.mo.n.ku.o.i.wa.na.i.de。

搬個頂多 5 公斤重的東西而已，
別這樣抱怨東抱怨西的。

相当(そうとう)

so.o.to.o

正式　日常

頗、相當…

098 MP3

1

この状況(じょうきょう)は相当(そうとう)やばいんじゃない？

ko.no.jo.o.kyo.o.wa.so.o.to.o.ya.ba.i.n.ja.na.i?

這情況頗不妙吧？！

2

今彼女(いまかのじょ)、失恋(しつれん)して
相当(そうとう)落(お)ち込(こ)んで
いるみたいです。

i.ma.ka.no.jo、shi.tsu.re.n.shi.te
so.o.to.o.o.chi.ko.n.de.i.ru.mi.ta.i.de.su。

她似乎因為失戀頗為沮喪的樣子。

3

梅雨明(つゆあ)け直前(ちょくぜん)は
相当(そうとう)蒸(む)し暑(あつ)くなります。

tsu.yu.a.ke.cho.ku.ze.n.wa
so.o.to.o.mu.shi.a.tsu.ku.na.ri.ma.su。

梅雨季將結束之前天氣相當悶熱。

4

今の成績では志望校に合格するのは相当難しい。

i.ma.no.se.i.se.ki.de.wa.shi.bo.o.ko.o.ni.go.o.ka.ku.su.ru.no.wa so.o.to.o.mu.zu.ka.shi.i。

以現在的成績要考上理想的學校相當困難。

來對話吧！

彼女、見違えるようにうまくなったね。

ka.no.jo、mi.chi.ga.e.ru.yo.o.ni.u.ma.ku.na.t.ta.ne。

她像換了一個人似的變得好厲害。

きっと相当練習したんだよ。

ki.t.to.so.o.to.o.re.n.shu.u.shi.ta.n.da.yo。

她一定努力做了很多練習。

to.bi.ki.ri

正式　日常

1

おかあさんの料理（りょうり）は

とびきりおいしい！

o.ka.a.sa.n.no.ryo.o.ri.wa.
to.bi.ki.ri.o.i.shi.i!

媽媽煮的菜最好吃了！

2

みんなの笑顔（えがお）を

見（み）るとおかあさんは

とびきりうれしい。

mi.n.na.no.e.ga.o.o
mi.ru.to.o.ka.a.sa.n.wa
to.bi.ki.ri.u.re.shi.i。

看到大家的笑容，媽媽最開心了！

3

ここの麻婆豆腐（マーボーどうふ）はとびきり辛（から）いよ。

ko.ko.no.ma.a.bo.o.do.o.fu.wa.to.bi.ki.ri.ka.ra.i.yo。

這裡的麻婆豆腐最辣了！

④

こんな暑い日はとびきり冷えたビールが飲みたいね。

ko.n.na.a.tsu.i.hi.wa.to.bi.ki.ri.hi.e.ta.
bi.i.ru.ga.no.mi.ta.i.ne。

這種大熱天最想喝瓶冰涼的啤酒！

⑤

子どもたちがとびきりすてきな笑顔を見せてくれた。

ko.do.mo.ta.chi.ga.to.bi.ki.ri.su.te.ki.na.e.ga.o.o.mi.se.te.ku.re.ta。

孩子們對我展現了最棒的笑容。

大いに（おお）

o.o.i.ni

正式

非常的、盡情的、好好的…

100 MP3

1

今日（きょう）は大（おお）いに盛（も）り上（あ）がってください。

kyo.o.wa.o.o.i.ni
mo.ri.a.ga.t.te.ku.da.sa.i。

今天就盡情狂歡吧！

2

ここに置（お）いてある資料（しりょう）は遠慮（えんりょ）なく大（おお）いに活用（かつよう）してください。

ko.ko.ni.o.i.te.a.ru.shi.ryo.o.wa
e.n.ryo.na.ku.o.o.i.ni
ka.tsu.yo.o.shi.te.ku.da.sa.i。

放在這裡的資料請不用客氣，盡情地取用。

③

若（わか）いうちは大（おお）いに勉強（べんきょう）して、
大（おお）いに遊（あそ）びなさい。

wa.ka.i.u.chi.wa.o.o.i.ni.be.n.kyo.o.shi.te、
o.o.i.ni.a.so.bi.na.sa.i。

趁年輕的時候，好好地用功，好好地玩！

④

あなたにはみんな大（おお）いに
期待（きたい）しているんですよ！

a.na.ta.ni.wa.mi.n.na.o.o.i.ni.
ki.ta.i.shi.te.ru.n.de.su.yo!

大家都非常看好妳喔！

⑤

熊（くま）が襲（おそ）ってくる可能性（かのうせい）が大（おお）いに
あるので、気（き）を付（つ）けてください。

ku.ma.ga.o.so.t.te.ku.ru.ka.no.o.se.i.ga.o.o.i.ni
a.ru.no.de、ki.o.tsu.ke.te.ku.da.sa.i。

被熊攻擊的可能性非常高，請小心。

ずいぶん

zu.i.bu.n

正式

日常

相當、很…

101 MP3

1

もうずいぶん歩(ある)いているけど、
まだ着(つ)かないの？

mo.o.zu.i.bu.n.a.ru.i.te.i.ru.ke.do、
ma.da.tsu.ka.na.i.no?

已經走了很久了，還沒到嗎？

2

今日(きょう)は
ずいぶん口数(くちかず)が少(すく)ないですね。

kyo.o.wa
zu.i.bu.n.ku.chi.ka.zu.ga.su.ku.na.i.de.su.ne。

妳今天話很少耶！

3

ずいぶん仕事(しごと)がたまっている。

zu.i.bu.n.shi.go.to.ga.ta.ma.t.te.i.ru。

累積了相當多的工作量。

しばらく会わないうちに ずいぶん背が高くなったね。

shi.ba.ra.ku.a.wa.na.i.u.chi.ni
zu.i.bu.n.se.ga.ta.ka.ku.na.t.ta.ne。

一陣子不見，你長得好高了呢！

來對話吧！

私も年ね。ずいぶん忘れっぽくなってきたよ。

wa.ta.shi.mo.to.shi.ne。zu.i.bu.n.wa.su.re.p.po.ku.na.t.te.ki.ta.yo。

我年紀也大了。變得相當健忘。

まだまだ若いんだから、弱気にならないで。

ma.da.ma.da.wa.ka.i.n.da.ka.ra、yo.wa.ki.ni.na.ra.na.i.de。

妳還很年輕，別說這種喪氣話嘛！

とりわけ

to.ri.wa.ke

正式　日常

特別…

1

この村(むら)のお年寄(としよ)りは
とりわけ元気(げんき)だ。

ko.no.mu.ra.no.o.to.shi.yo.ri.wa
to.ri.wa.ke.ge.n.ki.da。

這個村子裡的年長者身體
特別健康。

2

お店(みせ)が混(こ)んでくるお昼時(ひるどき)は
とりわけ忙(いそが)しい。

o.mi.se.ga.ko.n.de.ku.ru.o.hi.ru.do.ki.wa
to.ri.wa.ke.i.so.ga.shi.i。

中午時間店裡人潮擁擠特別忙。

3

当店ではとりわけ親子丼が人気があります。

to.o.te.n.de.wa.to.ri.wa.ke.o.ya.ko.do.n.ga.ni.n.ki.ga.a.ri.ma.su。

本店的親子丼特別受歡迎。

お店の衛生にはとりわけ気を遣っています。

o.mi.se.no.e.i.se.i.ni.wa.to.ri.wa.ke.ki.o.tsu.ka.t.te.i.ma.su。

我們店特別重視衛生。

北海道の中でもとりわけ旭川地方は寒い。

ho.k.ka.i.do.o.no.na.ka.de.mo.to.ri.wa.ke.a.sa.hi.ka.wa.chi.ho.o.wa.sa.mu.i。

北海道地區又屬旭川特別寒冷。

特に

to.ku.ni

正式　日常

特別…

103 MP3

1

ここのところは特に注意して聞いておいてください。

ko.ko.no.to.ko.ro.wa.to.ku.ni chu.u.i.shi.te.ki.i.te.o.i.te.ku.da.sa.i。

這個地方請特別注意喔！

2

今日は特に暑いですね。

kyo.o.wa.to.ku.ni.a.tsu.i.de.su.ne。

今天特別熱呢！

3

今特に食べたい物はありますか？

i.ma.to.ku.ni.ta.be.ta.i.mo.no.wa a.ri.ma.su.ka?

現在有特別想吃什麼嗎？

4

田村先生には特に
お世話になりました。

ta.mu.ra.se.n.se.i.ni.wa.to.ku.ni
o.se.wa.ni.na.ri.ma.shi.ta。

特別受到田村老師的照顧。

來對話吧！

一番好きな花は何ですか？
i.chi.ba.n.su.ki.na.ha.na.wa.na.n.de.su.ka?
妳最喜歡什麼花呢？

バラです。特に淡い黄色のバラが好きですね。
ba.ra.de.su。to.ku.ni.a.wa.i.ki.i.ro.no.ba.ra.ga.su.ki.de.su.ne。
玫瑰。尤其是淺黃色系的玫瑰花。

yo.p.po.do

很、相當；到一定程度即可

1

こんな大雨の日に出かけるくらいなら、
家でテレビを
見ている方がよっぽどましだ。

ko.n.na.o.o.a.me.no.hi.ni.de.ka.ke.ru.ku.ra.i.na.ra、
i.e.de.te.re.bi.o
mi.te.i.ru.ho.o.ga.yo.p.po.do.ma.shi.da。

比起大雨天出門，在家看電視好多了。

2

会社でよっぽどいやなことがあったのか、
夫は昨日ずいぶん不機嫌な様子で帰ってきた。

ka.i.sha.de.yo.p.po.do.i.ya.na.ko.to.ga.a.t.ta.no.ka、
o.t.to.wa.ki.no.o.zu.i.bu.n.fu.ki.ge.n.na.yo.o.su.de.ka.e.t.te.ki.ta。

似乎是在公司發生很不愉快的事，
我老公昨天回家時一副非常生氣的樣子。

3

よっぽど途中で帰ろうと思ったほどつまらない映画だった。

yo.p.po.do.to.chu.u.de.ka.e.ro.o.to.o.mo.t.ta.
ho.do.tsu.ma.ra.na.i.e.i.ga.da.t.ta。

看到一半就很想走人，

是一部很無聊的電影。

4

目が潤んでるよ。

よっぽど辛かったんだね。

me.ga.u.ru.n.de.ru.yo。
yo.p.po.do.ka.ra.ka.t.ta.n.da.ne。

都流眼淚了，很辣吧！

5

仕事上の英語よりも日常会話の英語の方がよっぽど難しい。

shi.go.to.jo.o.no.e.i.go.yo.ri.mo.ni.chi.jo.o.ka.i.wa.no
e.i.go.no.ho.o.ga.yo.p.po.do.mu.zu.ka.shi.i。

對我來說英語日常會話比商用英語難多了。

まさに

ma.sa.ni

簡直是…、正是…

105 MP3

1

彼はまさに天才だ！

ka.re.wa.ma.sa.ni.te.n.sa.i.da!

他簡直是個天才！

2

きみが作る餃子は
まさに天下一品だよ。

ki.mi.ga.tsu.ku.ru.gyo.o.za.wa
ma.sa.ni.te.n.ka.i.p.pi.n.da.yo。

你做的餃子，
簡直是天下第一。

3

まさに
ここから新しい人生が始まるのだ。

ma.sa.ni
ko.ko.ka.ra.a.ta.ra.shi.i.ji.n.se.i.ga.ha.ji.ma.ru.no.da。

簡直宛如重生！

4

これはまさに千載一遇（せんざいいちぐう）のチャンスだ。

ko.re.wa.ma.sa.ni.se.n.za.i.i.chi.gu.u.no.cha.n.su.da。

這簡直是個千載難逢的機會！

來對話吧！

答（こたえ）は「ユニオンジャック（Union jack）」ですか？

ko.ta.e.wa「yu.ni.o.n.ja.k.ku」de.su.ka?

是「Union Jack」嗎？

まさにその通りです！

ma.sa.ni.so.no.to.o.ri.de.su!

正是如此！

もちろん

mo.chi.ro.n

正式　日常

當然

106 MP3

1

「プリンセス(princess)・マリリン(Marilyn)」というのは
もちろんペンネームで、本名(ほんみょう)は田所正子(たどころまさこ)です。

「pu.ri.n.se.su・ma.ri.ri.n」to.i.u.no.wa
mo.chi.ro.n.pe.n.ne.e.mu.de、
ho.n.myo.o.wa.ta.do.ko.ro.ma.sa.ko.de.su。

Princess・Marilyn 當然是筆名囉！
本名是田所正子。

2

通勤(つうきん)は
もちろん普段使(ふだんづか)いもできるおしゃれで機能的(きのうてき)なバッグ。

tsu.u.ki.n.wa
mo.chi.ro.n.fu.da.n.zu.ka.i.mo.de.ki.ru.o.sha.re.de.ki.no.o.te.ki.na.ba.g.gu。

這個包包帶著通勤當然是不用說了，
平常也可使用，
可說是時尚與功能兼具。

3

あなたならもちろん大歓迎(だいかんげい)ですよ！

a.na.ta.na.ra.mo.chi.ro.n.da.i.ka.n.ge.i.de.su.yo!

是妳的話當然很歡迎呀！

4

もちろん私(わたし)はあなたを信(しん)じています。

mo.chi.ro.n.wa.ta.shi.wa.a.na.ta.o.shi.n.ji.te.i.ma.su。

我當然相信你呀！

5

あなたが行(い)くならもちろん私(わたし)も行(い)きますよ。

a.na.ta.ga.i.ku.na.ra mo.chi.ro.n.wa.ta.shi.mo.i.ki.ma.su.yo。

妳去的話，我當然也會去囉！

とにかく

to.ni.ka.ku

正式　日常

總之…、先…

107 MP3

1

あわてないで、
とにかく
落(お)ち着(つ)いてください。

a.wa.te.na.i.de、
to.ni.ka.ku.o.chi.tsu.i.te.ku.da.sa.i。

不要慌，先保持冷靜。

2

疲(つか)れた～。
とにかく部屋(へや)で休(やす)みたい。

tsu.ka.re.ta～。
to.ni.ka.ku.he.ya.de.ya.su.mi.ta.i。

累死了～。

想先回家休息了。

3

とにかく食べてみたら
おいしさがわかります！

to.ni.ka.ku.ta.be.te.mi.ta.ra
o.i.shi.sa.ga.wa.ka.ri.ma.su。

先吃看看就會知道它的美味了！

4

あれこれ悩んでいても仕方ない。
とにかくやってみましょう。

a.re.ko.re.na.ya.n.de.mo.shi.ka.ta.na.i。
to.ni.ka.ku.ya.t.te.mi.ma.sho.o。

顧慮東顧慮西的也不會有進展。總之就先做做看吧！

注意！

とにかく可用於暫且、姑且、無論如何、不管怎樣先…。用在強調最優先應該做的事情時。

貓頭鷹小教室

強調篇

- 必（かなら）ず：一定　• 絶対（ぜったい）：絕對　• とりわけ：特別　• 特（とく）に：特別
- よっぽど：相當　• ずいぶん：很　• まさに：正是…　• もちろん：當然

談話過程中有時會想強調某些地方特別…、一定是…等等。隨著強調的事物不同，選用的副詞也不同喔！在此將用來強調事物的副詞依情境做整理，讓我們看下去吧！

副詞	使用情況
❶ 必（かなら）ず ka.na.ra.zu 一定 ❷ 絶対（ぜったい） ze.t.ta.i 絕對	表達強烈確信與信念時
❸ とりわけ to.ri.wa.ke 特別 ❹ 特（とく）に to.ku.ni 特別	在多數之中提出並強調時
❺ よっぽど yo.p.po.to 相當	用在強調動作的程度時 例：非常快、非常慢、非常緊張
❻ ずいぶん zu.i.bu.n 很	強調時間、數量、樣子非常～時
❼ まさに ma.sa.ni 正是	強調僅此一個、就是！
❽ もちろん mo.chi.ro.n 當然	強調理所當然的結論、跟預測的相同

表達強烈
確信與信念時

1

かなら
必ず
ka.na.ra.zu
一定

2

ぜったい
絶対
ze.t.ta.i
絕對

かなら　ぜったい　じゅうにじ
必ず（絶対）１２時までに
かえ
帰ってこなければいけないよ。

ka.na.ra.zu (ze.t.ta.i) ju.u.ni.ji.ma.de.ni
ka.e.t.te.ko.na.ke.re.ba.na.ra.na.i.yo!

一定（絕對）要在 12 點前回來喔！

在多數之中
提出並強調時

3

とりわけ
to.ri.wa.ke
特別

4

とく
特に
to.ku.ni
特別

おうじさま　じょせい　なか
王子様はたくさんの女性の中で
とく　こころ
とりわけ（特に）シンデレラに心を
ひ
惹かれました。

o.o.ji.sa.ma.wa.ta.ku.sa.n.no.jo.se.i.no.na.ka.de
to.ri.wa.ke (to.ku.ni) shi.n.de.re.ra.ni.ko.ko.ro.o
hi.ka.re.ma.shi.ta。

王子在眾多女孩中特別受到灰姑娘的吸引。

⑤ よっぽど

yo.p.po.to

相當

用在強調動作的程度時
ex:非常快、非常慢、非常緊張

彼女(かのじょ)はよっぽど急(いそ)いでいたのか、
ガラスの靴(くつ)を
片方(かたほう)忘(わす)れて去(さ)っていきました。

ka.no.jo.wa.yo.p.po.do.i.so.i.de.i.ta.no.ka、
ga.ra.su.no.ku.tsu.o
ka.ta.ho.o.wa.su.re.te.sa.t.te.i.ki.ma.shi.ta。

她似乎相當著急，留下一隻玻璃鞋就走了。

⑥ ずいぶん

zu.i.bu.n

很

強調時間、量、樣子非常～時

家来(けらい)たちはガラスの靴(くつ)の持(も)ち主(ぬし)を
探(さが)してずいぶんあちこち歩(ある)き回(まわ)りました。

ke.ra.i.ta.chi.wa.ga.ra.su.no.ku.tsu.no.mo.chi.nu.shi.o
sa.ga.shi.te.zu.i.bu.n.a.chi.ko.chi.a.ru.ki.ma.wa.ri.ma.shi.ta。

家臣們為了找玻璃鞋的主人，奔波四處找了很久。

⑦ まさに
ma.sa.ni
正是

強調僅此一個、就是！

あなたはまさに私(わたし)たちが探(さが)し求(もと)めていた女性(じょせい)です。

a.na.ta.wa.ma.sa.ni.wa.ta.shi.ta.chi.ga sa.ga.shi.mo.to.me.te.i.ta.jo.se.i.de.su。

妳正是我們在找的人。

⑧ もちろん
mo.chi.ro.n
當然

強調理所當然的結論、跟預測的相同

私(わたし)と結婚(けっこん)してくださいますね？
wa.ta.shi.to.ke.k.ko.n.shi.te.ku.da.sa.i.ma.su.ne?
請問妳願意跟我結婚嗎？

もちろんです。
mo.chi.ro.n.de.su。
我當然願意。

やたらと

正式　日常

胡亂、隨便

108 MP3

1

やたらと親に頼るのはやめなさい。

ya.ta.ra.to.o.ya.ni.ta.yo.ru.no.wa ya.me.na.sa.i。

不要隨便依賴父母。

2

今日はやたらと混んでるね。

kyo.o.wa.ya.ta.ra.to.ko.n.de.ru.ne。

今天亂擁擠的呢！

3

寒い日に熱いラーメンを食べるとやたらと鼻水が出てくる。

sa.mu.i.hi.ni.a.tsu.i.ra.a.me.n.o.ta.be.ru.to. ya.ta.ra.to.ha.na.mi.zu.ga.de.te.ku.ru。

冷天裡吃碗熱騰騰的拉麵，
鼻水就流得亂七八糟。

4

私のやることにやたらと口出ししないで。

wa.ta.shi.no.ya.ru.ko.to.ni.ya.ta.ra.to.
ku.chi.da.shi.shi.na.i.de!

我的事不用妳胡亂多嘴！

來對話吧！

単調な仕事だ〜。疲れた〜。給料安すぎる〜。

ta.n.cho.o.na.shi.go.to.da〜。tsu.ka.re.ta〜。
kyu.u.ryo.o.ya.su.su.gi.ru〜。

好單調的工作喔〜真累人〜薪水又少…

やたらと文句ばかり言わないの！

ya.ta.ra.to.mo.n.ku.ba.ka.ri.i.wa.na.i.no!

不要胡亂抱怨！

いやに

i.ya.ni

日常

過於、異常地…

109 MP3

1

ここはいやに蠅(はえ)が多(おお)いなあ。

ko.ko.wa.i.ya.ni.ha.e.ga.o.o.i.na.a。

這裡蒼蠅異常地多。

2

いやに薄(うす)いコーヒーだ。

i.ya.ni.u.su.i.ko.o.hi.i.da。

味道過淡的咖啡。

3

何(なに)かあったのか、

向(む)こうの方(ほう)がいやに騒(さわ)がしい。

na.ni.ka.a.t.ta.no.ka、

mu.ko.o.no.ho.o.ga.i.ya.ni.sa.wa.ga.shi.i。

發生了什麼事？那裡異常地吵鬧。

4

もう4月(しがつ)なのに、
最近(さいきん)いやに肌寒(はだざむ)いね。

mo.o.shi.ga.tsu.na.no.ni、
sa.i.ki.n.i.ya.ni.ha.da.za.mu.i.ne。

都已經4月了，
還是覺得異常地冷呢！

來對話吧！

いつもありがとう。これプレゼント。
i.tsu.mo.a.ri.ga.to.o。ko.re.pu.re.ze.n.to。
謝謝妳一直以來的照顧。這是禮物。

最近(さいきん)いやにやさしいけど、
まさか浮気(うわき)でもしているのでは…？

sa.i.ki.n.i.ya.ni.ya.sa.shi.i.ke.do、
ma.sa.ka.u.wa.ki.de.mo.shi.te.i.ru.no.de.wa…?
最近異常地溫柔，該不會是有了外遇？

やけに

ya.ke.ni

日常

異常地、特別地、過分地…

110
MP3

1

どうしたの？

今日(きょう)はやけに小食(しょうしょく)だけど。

do.o.shi.ta.no?
kyo.o.wa.ya.ke.ni.sho.o.sho.ku.da.ke.do。

怎麼了？

今天吃得特別少。

2

やけにうきうきしてるけど、

なにかいいことあった？

ya.ke.ni.u.ki.u.ki.shi.te.ru.ke.do、
na.ni.ka.i.i.ko.to.a.t.ta?

你今天看起特別地開心，

發生了什麼好事嗎？

3

この人、やけになれなれしいなあ。

ko.no.hi.to、
ya.ke.ni.na.re.na.re.shi.i.na.a。

這個人也太裝熟了吧！

やけに寒(さむ)いと思(おも)ったら、雪(ゆき)が降(ふ)り始(はじ)めた。

ya.ke.ni.sa.mu.i.to.o.mo.t.ta.ra、
yu.ki.ga.fu.ri.ha.ji.me.ta。

才感覺好像特別冷就開始下雪了。

注意！

いやに、やけに都有總覺得哪裡怪怪的、不太尋常的語感。

こんなに、そんなに、あんなに

ko.n.na.ni • so.n.na.ni • a.n.na.ni

這麼…、那麼…

日常

111 MP3

1

そんなに遠慮なさらないでください。

so.n.na.ni.e.n.ryo.na.sa.ra.na.i.de.ku.da.sa.i。

請不要那麼客氣。

2

えーっ、こんなにたくさん!?

e.e、ko.n.na.ni.ta.ku.sa.n!?

咦！分量這麼大!?

3

あんなにきつい言い方を

しなくてもよかったのに。

a.n.na.ni.ki.tsu.i.i.i.ka.ta.o.
shi.na.ku.te.mo.yo.ka.t.ta.no.ni。

不用說得那麼傷人吧！

4

こんなに大変(たいへん)だとわかっていたら、引(ひ)き受(う)けなかったのに。

ko.n.na.ni.ta.i.he.n.da.to.wa.ka.t.te.i.ta.ra、hi.ki.u.ke.na.ka.t.ta.no.ni。

早知道會這麼辛苦就不答應他了。

來對話吧！

なんなのその髪型(かみがた)！　あはははははは！

na.n.na.no.so.no.ka.mi.ga.ta! a.ha.ha.ha.ha.ha.ha!

妳那是什麼頭髮啊！哈哈哈！

そんなに笑(わら)われるほど変(へん)かなあ？

so.n.na.ni.wa.ra.wa.re.ru.ho.do.he.n.ka.na.a?

怎麼笑成那樣，真的那麼奇怪嗎？

指示副詞篇

・こんなに：這麼　・そんなに：那麼　・あんなに：那麼

對我們日語學習者來說こんなに、そんなに、あんなに真是難以區分！到底什麼時候用こんなに？什麼時候用そんなに？還有あんなに又是什麼狀況的時候使用？看下去就知道囉！

	副詞	使用情況	描述主題
1	こんなに ko.n.na.ni 這麼…	描述關於自己身邊的東西、狀況	形容 說話者 我 我們
2	そんなに so.n.na.ni 那麼…	描述對方的狀況	形容 聽話者 你 你們
3	あんなに a.n.na.ni 那麼…	描述自己與聽話者以外的人、事、物、時間、空間	形容 第三人 非說話者 非聽話者

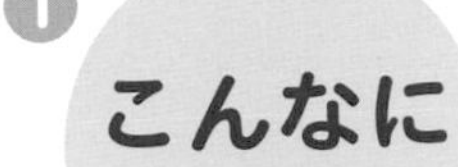

① こんなに

ko.n.na.ni

這麼…

描述關於自己身邊的東西、狀況

こんなにうれしいことは生(う)まれて初(はじ)めてです。

ko.n.na.ni.u.re.shi.i.ko.to.wa.u.ma.re.te.ha.ji.me.te.de.su。

（我）有生以來第一次這麼開心。

子猫(こねこ)を育(そだ)てるのがこんなに大変(たいへん)だとは思(おも)わなかった。

ko.ne.ko.o.so.da.te.ru.no.ga.ko.n.na.ni.ta.i.he.n.da.to.wa.o.mo.wa.na.ka.t.ta。

（我）沒想到養小貓是一件這麼辛苦的事。

❷ そんなに

so.n.na.ni

那麼…

描述對方的狀況

そんなに喜(よろ)んでもらえて、私(わたし)もうれしいです。

so.n.na.ni.yo.ro.ko.n.de.mo.ra.e.te、wa.ta.shi.mo.u.re.shi.i.de.su。

讓（您）那麼高興，我也很開心。

そんなに怒(おこ)らないでよ。

so.n.na.ni.o.ko.ra.na.i.de.yo。

（你）不要那麼生氣嘛！

3 あんなに

a.n.na.ni

那麼…

提到自己與聽話者以外的事物，或是稍早前發生的事

あの人、あんなにたくさん買（か）うつもり？

a.no.hi.to、a.n.na.ni.ta.ku.sa.n.ka.u.tsu.mo.ri?

（那個人）打算買那麼多嗎？

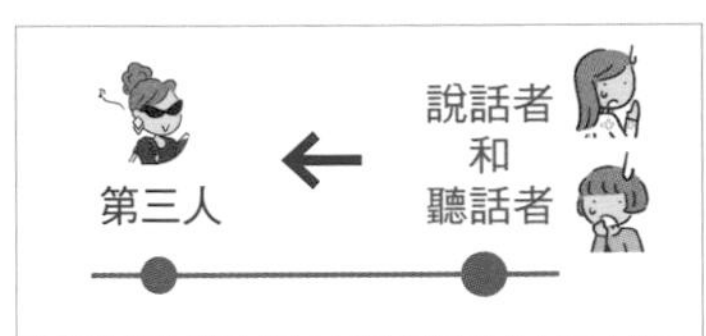

あんなに大切（たいせつ）にしていた指輪（ゆびわ）をなくしてしまった。

a.n.na.ni.ta.i.se.tsu.ni.shi.te.i.ta.yu.bi.wa.wo.na.ku.shi.te.shi.ma.t.ta。

弄丟了那麼寶貝的戒指。

（戒指已經不在說話者和聽話者身邊）

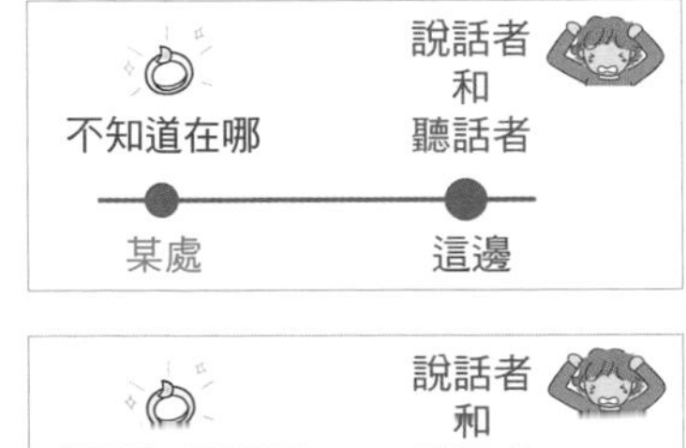

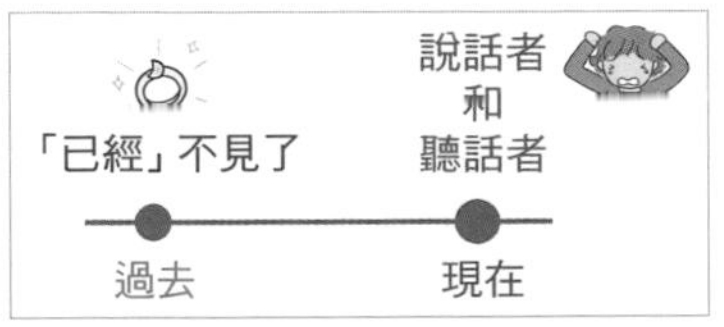

索
引

國家圖書館出版品預行編目(CIP)資料

日本人的哈啦妙招!副詞輕鬆學 我的日語超厲害!/
山本峰規子著. -- 二版. -- 臺北市：笛藤出版,
2024.06

冊； 公分

ISBN 978-957-710-920-0(下冊：平裝)
1.CST: 日語 2.CST: 副詞
803.166 113006428

全新修訂版

日本人的哈啦妙招! 下

副詞輕鬆學

我的日語超厲害!

2024年 6月27日 二版1刷 定價350元

作　者	山本峰規子
插　畫	山本峰規子
編　輯	洪儀庭・徐一巧・葉雯婷
美術設計	亞樂設計・王舒玗
總編輯	洪季楨
編輯企畫	笛藤出版
發行人	林建仲
發行所	八方出版股份有限公司
地　址	台北市中山區長安東路二段171號3樓3室
電　話	(02) 2777-3682
傳　真	(02) 2777-3672
總經銷	聯合發行股份有限公司
地　址	新北市新店區寶橋路235巷6弄6號2樓
電　話	(02)2917-8022・(02)2917-8042
製版廠	造極彩色印刷製版股份有限公司
地　址	新北市中和區中山路2段380巷7號1樓
電　話	(02)2240-0333・(02)2248-3904
印刷廠	皇甫彩藝印刷股份有限公司
地　址	新北市中和區中正路988巷10號
電　話	(02) 3234-5871
郵撥帳戶	八方出版股份有限公司
郵撥帳號	19809050